百部红色经典

在蒋牢中

余心清 著

北京联合出版公司
Beijing United Publishing Co.,Ltd.

图书在版编目（CIP）数据

在蒋牢中 / 余心清著. -- 北京：北京联合出版公司, 2021.7（2023.7重印）
（百部红色经典）
ISBN 978-7-5596-5195-2

Ⅰ.①在… Ⅱ.①余… Ⅲ.①长篇小说—中国—当代
Ⅳ.①I247.5

中国版本图书馆CIP数据核字(2021)第058949号

在蒋牢中

作　　者：余心清
出 品 人：赵红仕
责任编辑：夏应鹏
封面设计：王　鑫

北京联合出版公司出版
（北京市西城区德外大街83号楼9层 100088）
北京新华先锋出版科技有限公司发行
涿州汇美亿浓印刷有限公司印刷　新华书店经销
字数161千字　787毫米×1092毫米　1/16　14印张
2021年7月第1版　2023年7月第3次印刷
ISBN 978-7-5596-5195-2
定价：49.00元

出版前言

　　为庆祝中国共产党成立100周年，全面展现中国共产党成立以来中华民族辉煌的发展历程、取得的伟大成就和宝贵经验，集中体现中华民族的文化创造力和生命力，北京联合出版公司策划了"百部红色经典"系列丛书，希望以文学的形式唱响礼赞新中国、奋斗新时代的昂扬旋律。

　　本套丛书收录了近一百年来，描绘我国人民在中国共产党的领导下艰苦奋斗、开拓创新、改革开放的壮美画卷，充分展现我国社会全方位变革、反映社会现实和人民主体地位、弘扬社会主义核心价值观、讴歌中华民族伟大复兴中国梦的100部文学经典力作。

　　本套丛书汇集了知侠、梁晓声、老舍、李心田、李广田、王愿坚、马烽、赵树理、孙犁、冯志、杨朔、刘白羽、浩然、李劼人、高云览、邱勋、靳以、韩少功、周梅森、石钟山等近百位具有代表性的中国现当代著名作家。入选作品中，有国民革命时期探索革命道路的《革命的信仰》《中国向何处去》，有描写抗日战争的《铁道游击队》《敌后武工队》《风云初记》《苦菜花》，有描绘解放战争历史画卷的《红嫂》《走向胜利》《新儿女英雄续传》，有展现新中国建设历程的《三里湾》《沸腾的群山》《激情燃烧的岁月》，有寻找和重建民族文化自信的《四面八方》，也有改革开放后反映中国社会现状、探索中国道路的《中国制造》，同时还收录了展现革命英雄人物光辉事迹的《刘胡兰传》《焦裕禄》《雷锋日记》等。

本套丛书讲述了丰富多样的中国故事，塑造了一大批深入人心的中国形象，奏响了昂扬奋进的中国旋律。这些经历了时间检验的文学作品，在艺术表现形式、文学叙述方式和创作技巧等方面都具有开拓性和创造性，作品的质量、品位、风格、内涵等方面都具有很高的水准，都是有筋骨、有道德、有温度的优秀作品，很多作家的作品都曾荣获"五个一工程奖""茅盾文学奖""鲁迅文学奖""国家图书奖"等奖项。

为将该套丛书打造成为集思想性、艺术性、时代性为一体，展现新时代文学艺术发展新风貌的精品图书，北京联合出版公司成立了由出版界、文学艺术界的资深专家和学者组成的编辑委员会。他们从文学作品的历史价值、文学价值、学术价值、现实意义等维度对作品进行了深入细致的研读和筛选，吸收并借鉴了广大读者的意见与建议，对入选作品进行深入细致的分析与综合评定，努力将"百部红色经典"系列丛书打造成为政治性、思想性和艺术性和谐统一的优秀读物，向伟大的中国共产党成立100周年这一光荣的日子献礼！

/目 录/

一、由山城到古城 [1]

民权路的会议

一九四六年一月，政治协商会议开完了，一颗心更沉重起来。时局，比雾重庆的天气还阴沉，几时才能够看到光明晴朗的日子呢？在悬悬着。

烦闷地在屋子里坐不住，便戴上帽子，拿起手杖，爬上了高坡，到了观音岩口，就顺着马路向西慢慢地踱去。走到中苏文化协会门口，碰到侯外庐，他和我握了一下手，带着紧张的神情告诉我："你知道校场口出了乱子吗？""开会我是知道的，出了大乱子吗？"我惊讶地问着。他于是把早晨开庆祝政协成功会的时候，特务怎样有计划地

---

[1] 《在蒋牢中》是余心清的代表作。其作品在字词使用和语言表达等方面均具有鲜明的时代特色。此次出版，根据作者早期版本进行编校，文字尽量保留原貌，编者基本不做更动。

雇用一群流氓包围会场，打到台上，李公朴伤得很重，郭沫若、施存统也负了轻伤的事说了一遍。"那么我们慰问他们去好不好？"他点点头："好。"

我们差不多和郭先生同时进了他家的门。我问他伤得怎样？他沉静地微笑着："头上打了一个包。"说时就用手摸着那块鸽蛋一般大小的疙瘩，"简直是下等流氓的举动。"他有点愤慨了。

到了施家，天已经昏黑。他住在中国银行的宿舍里，没有灯，我们摸着上了楼，找到了他的房间。他正在床上躺着。桌子上点一盏菜油灯，光线暗得仅仅够分辨出他的面孔。他告诉我们在今天的"打场里"，若不是平时还有一把力气，恐怕就危险了。现在只感到头昏和四肢酸痛。他说话的声音很低微。我们安慰了他一番，垂着头走了出来。

在甬道上，碰到了两位朋友，王若飞和廖承志，他们手中拿着一束花，代表中共来慰问存统，我们打了一个招呼就走下楼。我对外庐说："中共朋友们多么周到关切啊！""他们一向作事精细、敏捷，尤其对于进步的朋友，照顾得特别周到，这是一个成功的党的作风。"最后这一句，他是把脸转过来贴近我的耳朵轻轻地说的。

停了电的街头，只有从商店里闪出一线光亮，行人变成一堆黑影子在街上来回乱撞。我对外庐说："今天的事情，就是蒋介石的和平，现在的街头，就是蒋介石的统治。跟这小子谈和平，等于'与虎谋皮'。"他冷笑了一下。

在外庐家吃了晚饭以后，我烦闷得不愿回家。"这几天蒋召开的全国将领会议，也该闭幕了，为什么不找几位军方朋友谈一下呢？"我这样想。出了中苏文协大门（外庐的家住在里面），我又向西边走去。

胜利大厦，住满了各战区来开会的军长以上的将领。我走进了赵寿山的房间。他一看见我就问：

"你到校场口去了没有？"

"挨打没有赶上，事情是知道的。"我告诉他。

"狗日的！这是他的小打，大打还在后头呢？"他气忿地说着。

"这两天你们开会的结果如何？"我问他。

"打！这杂种决心了，"他一面说着，一面走到门边，打开门向左右看一看，然后关上走回来对我说，"他们不断地有人跟着我。"

他叹了一口气继续说道："开会为了面授机宜，明天我们就要回防地，动员令三两天就下来。打吧！看这小子打到哪一天！这一打可能打得很久，老百姓要遭大殃。"他指着屋子角落里，两个用绳子捆得很紧的席包："你知道那里边装着什么东西吗？"

我看了一会儿说："带回去的礼物吧！"

"是的，礼物，送给老百姓的。"说着他站起来了。

"那么，什么呢？"我有点茫然了！

"告诉你吧！'剿匪手册'！从前在江西用的，现在增加了一些材料，把它改编了一下，要我们带回去，普遍地发给士兵。这几天讲的也是这一套。"

"这个流氓坏到了不可以用人的尺度衡量他！他在政协里，话说得多么漂亮，同时就在干这些勾当！这些小册子，当然是远在政协开会以前就着手准备的了。我和许多朋友，还对这次政协存着一些幻想，以为这小子，今后总会受一些约束，纵然他的话打个对折，那块假民主的招牌也得挂几天，却没料到他会这么变戏法！"我心里这样地想着。

"你回去打算怎么办？"我望着他。

"我吗？光杆总司令，只有一个秘书，一个副官，算是我的人。归我指挥的队伍在哪里？我不知道。卫兵都是监视我行动的人。我只有……"说着他转过身去，面对着窗子向外了望着。

我也站起来，走到他面前，和他握着手："我们各人找自己的机会去干吧！不干掉这小子，人民是永远不能翻身的。"

回到家里，已是深夜，我在屋里踱来踱去地想着，一定，一定要干掉他！但干掉他不是件容易的事；唯一的作法，是要配合各方面的力量，共同地干。

第二天一清早，我找到了陈真如先生，赶巧朱蕴山也在他的家里。我把蒋的军事会议的决定告诉了他们。最后，我们商定了一个方案，大家分头接洽，要把重庆方面的民主力量和各方面反蒋的军事力量，联合在一起，然后共同本着一个协调的步骤，配合中共去做。

一个雨后的夜晚，民权路聚兴城银行楼上的客厅里，灯光照得雪亮。最先进来的是冯玉祥先生。一个巨人踏着缓慢的步子，好象一座山岗在移动着，伸出那肥而大的手，和陈、朱及我边走边握着手，寒暄着。接着是李任潮先生，满面春风地笑着进来了。张表方先生第三个走进来，戴着一顶毡帽，穿着长袍马褂，一手捋着长髯，连声"啊！啊！"向每一个人打着招呼。李一平陪着龙云先生进来。龙戴着他那一副黄色水晶眼镜，穿着深蓝的缎袍，以快速的步子走着，他和李任潮先生是第一次会见，握着手很久不撒开，道着他多年的景慕。最后进来的是刘文辉先生，和人握手的时候连声说："对不起，刚从一处应酬的席上跑过来。"

"中国八年抗战，赢得一个惨胜！今天正是休养生息的时候，蒋介石却偏要一意孤行打内战，政协的前途已经被这几天的军事会议决定了。诸位先生都是政治上、军事上的领导人物，而且在革命的历史上有过辉煌的一页，今天集会在这里，谁都能信任谁，希望大家能共同商讨出一个挽救国家民族命运的办法来。"

我先来了这样一个开场白。

第一个发言的是陈真如先生，他说："我们不能看着把一个国家断送在他一人手里。今天整个国家面临着死亡的关头！以前我们中间虽然不断地互通声息，但团结得还不够，今后我们要更进一步的合作，把政治和军事配合起来，在各方面实际上动员起来……彻底把他打倒。"

接着就是刘文辉先生发言。他是一位长于词令的人，说的话非常动听："蒋介石这个龟儿子，是个大骗子，我认识他最清楚，他说什么我也不相信。抗战给了他一个消灭异己的机会，他拿到这个法宝，想铺平他做皇帝的大道。我们如果不革掉他的命，将来谁也活不成，志舟[1]兄这次吃了他的亏，就是个例子。"说着他把眼望着龙。"我不断和四川带兵的朋友说这些道理，并且我要加紧地和他们联系。在西康我早有准备，决不上他的当……今后大家来，我也算一个，我们要革命，就要干到底。"

龙先生很感慨地说道："我在抗战时一向留神老蒋，这个坏蛋，没想到胜利后他还要打内战。他知道要进行内战，非先收拾云南不可，所以他先下了我的手。"说到这里我岔了一句："你这回是好比老虎打了一个盹，被他暗算上了。"他点点头继续说道："我们决不要放弃我们的责任，有一分力量，要干一分的事，凡是我能尽力的地方，

---

[1] 志舟：龙云的别号。

我一定跟着诸位一齐去做……。"

李任潮先生把这次在广西敌后的做法先说了一遍，然后谈到他来到重庆的打算："本来我是不想来的，后来因为要和朋友们见见面，商量一个做法，我才离开广西。今后蒋介石要打内战，我们要在内战中打倒他。团结才有力量，革命要在多方面去发动，现在反蒋的力量到处皆是，民主是人民一致的要求。我想，只要我们努力，革命一定会成功的。"

张表方先生静静地坐在沙发椅上听着，随后他说道："民主的力量，象海上的巨潮一样，谁也抗拒不了。只要我们能把政治和军事两个武器并用，蒋介石的独裁，最后一定要遭遇到失败的命运。"

最后是冯先生说话，胸脯笔挺地微向前倾，左腕靠着椅扶手，右拳有力地在右膝盖上握着，好象永远地在紧张着："今天这个聚会，太有意义，太有价值了。我们要称之为无话不说真诚坦白的革命会议。我提议要在重庆、成都、上海、广州这些大都市建立起规模较大的言论机关，用宣传攻势打击独裁。"他停顿了一会儿，然后说道："蒋的军事攻势，一定先北后南，因此我们工作重点，也要放在北方。心清对北方人事最熟悉，请他去担任这工作，是再适当也没有的。"说时他望了我一眼。

这个会谈到深夜才结束。以后在歇台子（冯先生乡间的住处），又开过两次会，做了不少更具体的决定，关于大家中间的联系工作，由陈真如、朱蕴山、李一平和我四个人负责。

当我决定了北上，在陈真如先生的家中，曾和周恩来、叶剑英两先生接洽过两次。我们一致希望把北方一些"杂牌"的军事力量拉过来，策应革命解放大军。因为一个师的起义，在军事力量对比上说，就等于蒋介石损失了三个师，解放军增加了三个师。纵然起义的事做不到，能使一个指挥官动摇了作战的决心和信心，也是对革命有利的。况且蒋的嫡系部队，士兵普遍厌战，将领骄奢淫逸，早已失掉了斗志。杂牌军更不用说，他们恨极了蒋的消灭异己的手段，他们唯一的愿望是图存。这两个弱点，都是蒋军事上致命的地方。我们正要向他这些最致命的地方击去！

一封电报

北上到何处去？哪里最易收到效果？用什么方式去？这些都是摆在我面前的课题。

在和赵寿山会见的第二天晚间，我碰到了刘汝明，一位西北军的老朋友，他现在是第二集团军总司令，驻防在开封一带。这个防地和中共的部队紧挨着。我们在寒暄了几句之后，他突然地问我："现在老蒋不注意你了吧？"我知道他的动机，笑着告诉他："我和老蒋见过几次面，还没看出他表示过这种态度。""那么，请你到我那里去吧！上次对不住得很，徐州退却的时候（台儿庄战事以后），你在我那里，我那个政治部主任攻击你很厉害，因此我就不能留你住下去。"他好象在抱歉似地说。

从他的住处走出来，我在街上一面走着，一面想到刚才的谈话："这家伙真势利，又这样的没有骨头；他和我的关系完全决定在蒋介石的对我'注意'与否！那么，若是我这次到他那里，有人再反对，他岂不是又要逐客吗？这样的一个打着利害算盘的人，和他谈革命，能有多少把握呢？"

刘的头脑最顽固，死硬得和化石一般。外表看来，好象很浑厚，其实他特别工于心计，很难接受别人的意见，因为他以为自己比别的人都聪明。在他的部队里，他学会了张勋（有名的辫帅）的那一套办法，对于士兵放纵，所以他的部队军纪也最坏，但士兵和他的关系都相当好。他们可以牵着他的衣服，向他请求这个，那个……。他喜欢用听话的干部，尤其喜欢父子兵，大概他最熟悉"杨家将"的故事。除了他自己，谁也指挥不了他的队伍。因此，做他的"政治工作"是件最困难不过的事。

其次是冯治安的三十三集团军，驻防在徐州一带，西面与刘汝明防地相接，东面连着郝鹏举军，北与吴化文部靠近，这里是居中的一环，地位正在蒋介石的南京的心门上。如果他肯把那把刺刀举起来向蒋的心窝里一插，半个华北就会立刻地变了颜色。

可惜这个冯不是那个冯（冯玉祥先生），他对于革命的认识是一点也没有，见解气魄差得更远。刘对我多少还有过些表示，他连这一点都没有过。自然，我若是找上门去做几天客，游说一番，他是不会拒绝的，但再进一步就不容易了。

冯的部队比刘那里，在人事上有个较好的条件，就是何基沣和张克侠两位朋友都在那里，何、张都是冯的副总司令，他们的革命认识、决心和行动，是我一向知道的。这两颗炸弹，早晚是要爆发的，不过我希望他们能够爆发得更广泛、更响亮一些。

再一个我能去的地方，就是孙连仲的第十一战区，他在军事上的地位比较刘、冯高，但在军事实力方面不如刘、冯。过去的政治态度表现得异常灰暗，尤其是和陈诚靠得很近，因此刘、冯和西北军系的朋友对他都很疏远，认为他是死心塌地投蒋的角色，其实都是五十步笑百步，说话的人也未见得怎样彻底地要反蒋。

我和孙私人的友谊比较深，抗战八年，我们中间没有断过联系。他有政治的欲望，他有内心的痛苦，他认识自己的命运，他需要更多的朋友；但他胆小如鼠，优柔寡断，缺乏决心与勇气。有的时候也太不振作。好多他的干部批评他，说他的行动象条牛，不牵着鼻子是不走的；不过一条牛要比一只狐狸或一只豺狼好得多。

孙的战区司令部设在北平。当他离开重庆北上的时候，他和我这么说："我愿意你到北方去帮我的忙，不过我以为你在中央工作对我更有利。"他却没有想到对于我"更有利"的地点是北方，而不是"中央"。

刘、冯、孙和我都是冯玉祥先生的部属。远在一九二二年，冯先生任河南督军，我被邀请在军队中做宗教工作。那时候刘、冯都当营长，孙是炮兵团长。因为当时的政治教育，是用宗教宣讲来代替，所以我们中间的接触特别多，他们都称我为"牧师"。后来我担任西北军的军官子弟学校校长，他们的子弟成了我的学生，我们的关系就又进了一步。最近的二十五年，我参加了政治活动，他们也成了独当一面的军事首领，除了在几次反蒋的场合上我和他们有联系，很少来往。因此，我就成了他们眼中的"红色牧师"。什么时候，他们要反蒋，就来找我；不反蒋，就离开我远远的。

重庆的春天特别可爱，浓雾消散了，花，娇媚地到处开着。这时候我却更寂寞，更苦恼起来。熟朋友飞的飞，坐船的坐船，差不多走光了。我呢？需要北上。但怎样北上？还没有决定。

北上前的第一件要做的事，是安置家庭。

这次北上，不能不从最坏的方面去着想，遭遇危险是意料中的事。我的妻子兰华身体多病，当然不能和我一道儿走。把她放在哪里？如何就医？怎样生活？都成问题！万一我出了事，说不定也会累及到她。为了她的健康和安全，最后决定让她到美国去。在那里，她能够找到工作，并且可以治病。

兰华决定了出国以后，经过了许多周折，教育部和外交部的出国手续总算妥当了，并且准许向中央银行洽购美金一千三百元作旅费。这时候的美金，每元牌价只合法币二十元，但实际价格已超过两千元。忙完了外汇，紧接着就是购买飞机票。票子已经订到一年以后，飞机早已成了特殊阶级的专用品，跑了多少趟行政院，没有办法，结果还是走了军人的路子，一直麻烦到四月下旬，她才算飞走了。

现在剩下我和我十二岁的女儿华心了。为了筹措旅费，我曾经写信向两个地方借款，结果是碰了壁。并且那一天能走开，还不知道，日常的生活，又成了问题。因此就下了决心去摆地摊，把不能携带的衣服全卖掉，但是谁守这摊子呢？华心是不肯去的，我自己也抹不下脸来。后来和跟着我的一个学生庞瑚商量，最后他同意代我去摆摊子。第一天晚间他回来告诉我："卖了一个床单子，被扒手偷走了一床，等于卖一送一。早晨刚站在摊子旁边的时候，觉得很难为情，下午似乎习惯了一点。"我听了最后的一句话，几乎滴下泪来。象这样的摊贩生活，我们过了两个半月。

重庆是座山谷，围在四面的高山中，夏天的热流，有时叫人蒸发得喘不出气来，庞瑚整天立在阳光下，他的面孔晒得好象一个非洲人。因为过分辛苦，他的身体也一天比一天消瘦了。他很有耐性，当每天晚上，拖着疲累的两条腿走回来的时候，脸上总是浮着微笑告诉我："今天生意不错，收入相当好。"

我焦灼地等候着一个理想的机会到来，使我能在一种较好的方式下北上。如果刘、冯、孙中间有一家邀请我，我便可以堂堂正正地前去，因为这样比我自动地跑去，要自然得多，同时也安全得多。我相信他们中间一定有人要这么做。不过在什么时候？我却算不准。

无聊的日子，一天一天地过去，消息"杳如黄鹤"。华心常常问我："爸爸，你究竟打算怎么办？走呢，还是永远地在这里住下去？"我说什么呢？也不能把我的心事告诉她。只好对她说："我们一定要走的，哪一天还不知道，总是快了吧！"

七月天的一个夜晚，星星把天空挤满，微风轻轻摇动着花影，身上感到一丝凉爽。回到屋里，打开当天的报纸，在读着一段评接收大员"五子登科"短文的时候，忽然有人敲着我的门，我奇怪这久已门庭冷落的地方，哪里来的不速之客？开门一看，原来是送电报的报差，"北平来的电报，"他递了给我。

这是孙连仲来的一封电报，电文这么写着："余心清兄：有事相商，请即命驾来平。"几个不能解决的问题，现在解决了。我对华心说："我们现在真要走了！"

后来我知道这次孙来电报找我，是客观环境促成的。他直属的三十军在过了黄河到达彰德附近以后，被解放军在二十四小时内解决大半，剩下的队伍退回新乡，又被胡宗南调走。他多年努力经营，而今却变成光杆。这件事给他的刺激不小，叫他更明白，仗是再不能打了，蒋介石也不可靠。此后想生存，非另找出路不可！另找出路，只有靠近革命的队伍，于是我这戴红帽子的，就被光顾到了。此外，他对我的友谊，在这里是不许抹煞的。

跟着电报之后，他给我汇来旅费五十万元，并且催我早日成行。这笔款子，解决我不少问题。

北上有两条路可走，一是陆路，一是水路，后来我顾虑到经过西安的危险性，就决定顺江东下，先到南京，等到弄清楚了情况，再向北方走。

连日收拾行装，接洽船位，忙个不停。我已没有了坐飞机的资格，就是钻到门子买到票，经济上也不许可。这些日子的轮船，悉数被征作军用，干什么去？已是尽人周知的事。我奔走了两星期，弄不到一张船票，最后还是经过蒋的后勤部的介绍，搭上了一只运兵的船，才算动了身。

一个警号

一只不大的火轮船上，挤满了五百多个士兵和一些黄鱼[1]。我和华心、庞瑚，当然成了黄鱼中的一部分。船上的舱位，被小军官和他们的眷属占满。我们这一群黄鱼都拥挤在甲板上。

燥热的风吹着，夏天的阳光晒着，吃的东西买不到，连喝的水也没法弄到。我们整整地饿了一天半，直到船停泊在奉节的时候。在夜里，好不容易找到一小块隙地，把一张折椅放开，让华心睡在上面。我和庞瑚抱着膝头坐在甲板上，背倚着船边的栏杆。有时看着天上的繁星，有时注视急湍的江流。偶然打个盹，常常被过往的人碰醒。

船上的士兵，是奉命开到秭归，要驻守大巴山，防御由襄樊入川的解放军。他们终日在船上叫嚣、打骂。一次，我们忽然听到后舱响起连续的枪声和士兵的喊打声，后来打听到他们在和一个排长冲突，

---

[1]　黄鱼：指的是未经过正常渠道购买船票，而通过走关系的方式乘船的旅客。

排长就开枪了。

船上最高的指挥官——行船司令——是个营长，有好些次，我看到他在船上巡视，一个瘦小的家伙，三十来岁，勾着背，一颗骷髅似的脑袋压在暴着青筋的细脖子上，枯黄的脸皮象秋天干瘪了的丝瓜，左颊上有一条深黑的疤痕使他的下颏歪到一边，两只凶狠高傲的小眼睛不时向上翻动。说话的时候，露出满口深黄色的狼齿。士兵见了他，很不自然地立起来，等他走过去，便指着他的背骂起来："龟儿子，摆啥威风，等到前线上，看老子们和你算帐。"

船开到宜昌就"卸货"了。我们只好在这里换船，整整等了两个星期，才搭上一只货船到了汉口。在汉口又等了一个星期，最后还是乘着难民船到了南京。

长江上下游的轮船，都征作军运，这是全国性大规模内战的前奏。在汉口的时候，江岸上排满了十八军的士兵和美式的装甲车、坦克车、炮车。十八军是陈诚的基本队伍，全部新装备。听说三天后开到了河南兰封，没到半天功夫就全军覆没了。

我在七月底离开重庆，八月二十日才到了南京。船是清晨到的，当天下午我去看冯玉祥先生。在说完了我北上的计划之后，他沉默了好一会儿才开口："你到北方去，要十分小心。尤其和人说话的时候。"他说到这里，停了一下，好象在想什么，他的脸变得严肃起来。"一个月以前，我和李任潮先生商量怎样策动陇海路上的刘、冯部队的事，不到一个星期，特务的秘密情报上，就一字不差地写出来，在座的除李之外，只有朱××和王××。你看糟不糟，危险不危险！因此你要到刘、冯那里去的打算，暂且搁一搁，这几天那里会有人来。"

过了两天，李任潮先生也从庐山回来了。他听到了这机密泄漏的消息，感到异常地惊讶。因为他的庐山之行，更清楚了蒋介石决心进行内战，已是不可挽救的事实。"今后我们唯一的做法，只有加紧地去实现我们最初的计划。但这样地不能保守机密，会使全盘的打算归于失败。"他很沉痛地对我这样说。

随后，张克侠从徐州防地来了。他要在冯先生出国以前，商量一下北方的军事做法。我们曾作过两次长时间的谈话。他告诉我："驻防陇海线上的西北军将领们，反蒋的意识都有，只是还抱着观望态度。他们有点两边怕的心理。"说着他叹了一口气："在这些朋友中间，工作是困难的，但不管怎样困难，也得做去。"

这样，我就放弃了我的陇海线上的旅行计划。因为张去策动他们，会比我做得能更实际、更深入而有效。我们把配合的做法和联系的办法决定了之后，他就回去了。

关于全面的做法，我们在南京，也作了最后的决定。冯先生去美国以后，国内的反蒋军事策动，由李任潮先生领导。西南各省由龙志舟先生负责。我以北平为工作基地。朱蕴山驻上海，联系各方面。

为了机密，我在南京、上海，除了和冯、李、龙、朱及李一平保持接触外，其他朋友，都不见面。许多民主运动方面的朋友，有的以为我过分神秘，有的认为我不能坦白开诚，可是我有什么办法呢？一说真话，就可能弄出大乱子来。

离开南京的前一日，我去看冯先生，他正在休息，我留下一张辞行的纸条就走了。等到我回家的时候，他派人送了一封信来。"要与仿鲁 [1] 在经济上有个切实打算"。这是信中最重要的一句话。我明

---

[1] 仿鲁：孙连仲的别号。

白"经济"两个字是指着什么说的。我和冯先生就这样分开了。

当天晚上，我和龙云先生见了面。他住在离鼓楼不远的一条街上。是李一平陪着我去的。门口有两个宪兵守卫，进门以前，我戴上一副眼镜，并且把帽沿往下拉了一下。院子很大，中间竖着一座洋楼。屋子里的设置很精致，一平告诉我："这是冈村宁次[1]的官邸。"这一次，我和龙谈话的时间很长，我们从政局的分析，谈到今后工作的方向，临别的时候，我们紧紧地握着手互相道了声"再见"。

从此，我们都分手了。我去北平，冯先生出国，李先生赴港，龙先生留宁，朱蕴山和李一平驻沪。

一年以后，我被捕了，冯先生遇难，龙先生传奇式出走，李先生组织了"中国国民党革命委员会"。

北平的一年

从上海出发，航行三天，到了天津。休息一夜，九月三日的下午，抵达阔别了八年的古城。

对于这座古城，我有着二十五年的记忆。在这里，我从事过三年的教育工作。冯先生驱逐溥仪，囚禁曹锟，这是我第一次经历的革命运动。段祺瑞的三一八事件，那些躺在血泊中的青年，仿佛就在眼前。以后多年中，我衔着秘密的使命，奔走南北，这里是我来往的驿站。八年抗战，这里最先沦陷，血腥的统治，记载下又一次异族侵凌的史实。这是一块多灾多难的土地，这次看到它，觉得我老了，它也

---

[1] 冈村宁次：日本战犯。

更衰颓了。

在我到平的头一个多月，我和孙个人间的接触很少，除了我被当作他的一个上宾外，他没有向我表示过什么，我自然也不去找他谈什么。听说这些日子里，各方面对我的攻击很多，使他很难应付，他现在是"哑吧吃黄莲"，有苦说不出。

象这样的冷板凳，我坐过不止一次。这次北来，只要能够站住脚，其余的问题，都等候机会到来去解决。虽然内心有时有些焦急，但表面上还得装着满不在乎的潇洒。

到了十月底，孙终于对我开口了。他要我给他主持一个顾问团体，对于整个战区的军事和政治问题，随时提供意见。他若遇到了困难问题的时候，也交给我们替他解决。很明显的，他要我给他组织一个班子——智囊团。

把整个环境作了一个估计，孙的这种动机完全是基于一种未来政治上的欲望。他的左右，一般地说来，都是些脑子里充满了旧的封建意识的官僚，还掺杂些不露面的特务分子。在这个集团里面，有几个人能够真正地和我拉到一起，现在还不知道。因此，对于孙提的这个任务，如果措置的稍一失当，我会立刻被打垮的。

经过了审慎的考虑，我建议组织一个设计委员会，广泛地网罗学者名流和专家，经常地研究华北一般的军政和建设问题。这个会只与孙个人发生联系，而非军方的，会中委员由孙聘任，不接受任何津贴。主持会务的，设正、副主任各一人，我只担任副的，但我愿负工作上的全部责任。这样，就可以避免因过分出头而遭遇不必要的打击。最后，孙同意我的办法。以后的一年，我始终站在这个岗位上。

工作上，决定先从教育孙下手，希望使他在思想上能够有所转变。

我们开始就组织了几种不同的座谈会，最主要的是国际问题座谈会，参加的是各大学中的一些教授们。邀请时我对几位朋友说："这并不是捧角，而是为了发展工作。"记得在第一次座谈会中，孙起立致词说："诸位先生，我虽然是个军人，但我并不爱打仗……。"

这个会举行了两次以后，引起了特务们的一阵慌张，军统和中统一些分子，纷纷要来旁听，自然我不能拒绝，孙也无法不接受。实际上他们并没有研究国际问题的兴趣，多半不终席就跑了。

广阔的河北平原上的战事，一天比一天紧张起来，反动的国民党军队，愈打愈觉得吃力，兵力也愈不敷分配。联系北平到石家庄的铁路线，时断时续，河北的省府保定，经常在被包围中。每次孙由战地回来，都带着懊丧的神情。

这几个月中，我们有过不少次谈话，孙逐渐地向我表明一些心迹。他看清了战事的前途，他也看清了蒋介石的前途，"象这样地搞下去，结果是同归于尽。"一次他这样地对我说。"那么，你为什么还走死路呢？"我问他。"我指挥的队伍都是别人的……"他叹了一口气。

以后我好几次向他建议，劝他振作起来，深入到民间去，看看问题在哪里？同时集中财力，把地方的武力整顿起来，如果能掌握住三十个团，那就是力量。也就能和友军联合起来，参加革命工作。"尽着力量干吧！"这是他最后的回答。

这些日子里，我认识了两个朋友，一是谢士炎，一是陈融生。谢是孙的战区第一处长，陈是孙的外交处副处长。他们不断来找我谈问题，后来并且希望我领导他们，共同地把孙领到光明的路上。

我和谢、陈的认识，中间没有通过任何关系的介绍。我相信他们完全是凭着直觉，但彼此认识的深度，也是渐进的。在这里，从此我不再感到孤立了。

大约是五月的上旬，解放军以雷霆万钧之势，迅速地攻下沧州，接着进逼天津，这里早乱作了一团。孙星夜把军队从平汉线转移到天津，而他自己也跟着去了。等到军队刚刚开到，解放军又向平保全线猛攻，把一条铁路和公路切成好几段，使他们首尾不能相顾，这时长辛店的炮声已经响到了北平。

孙赶忙从天津跑回来，想到前线，路已不通了，一筹莫展，急得在屋子里乱转。人心惶惶，全城陷在恐怖中。在新闻记者席上，曾经批评共产党里没有人懂战略战术的李宗仁，这时候连一个屁也不敢放了。他的参谋长王××对鹿钟麟说："如果河北不保，我们只有退走西北的一条路。"

一天下午，鹿打电话给我说："有要紧的事和你商量，请你立刻过来。"我跑到西城他的家里，他紧张地把王的话告诉我一遍，然后对我说："刚才我从孙仿鲁那里来，他同意和解放军取得联络，希望停止作战，进行局部和平，这是保全平、津生命财产的唯一作法，我已向孙建议，请你去办这件事，他就会找你研究的。"他一口气说完了这一套。"保全生命财产，只怕是为了你自己吧！"我心里这样地想。沉默了一下，我对他说："等和孙见面以后再研究吧！"

第二天清晨，我和孙见面了，他住在北总布胡同一座住宅里。我们隔着餐台对面坐下，他好久不开口，我也不说话，最后他问我："你和鹿见面了吧？""是的，"我说。"你打算怎么办呢？现在只有两条路可走，一是打败了走开，到南方去当寓公，一是和解放军合作，参加革命阵营。"我这样问他。

"到南方去做什么，我没有那么多的钱陪着他们花，我决定留在北方，你去联系一下。”他低着头好象在和餐台子说话。

“我一定尽力地去找线索，先把联系弄好。不过中共不会有重要的人留在这里，如果要进行合作，还得请他们派人来商谈。”我答复他。

“好吧！”他点一点头，然后想了一想对我说：“来人的时候，你和他们见面，我不参加。”

我回来的时候，对于最后的一句话，心里很不痛快，这明明表示没有决心，并且存着在必要时出卖朋友的后手。不过同时我想到，象这样的人能够有这样的表示，已经很不容易，他总算是迈进了一步。事情既然在我们两个人中间揭开了，以后的工作就更好推动了。

我把孙的事和王冶秋商量一下，并且要他找个线索发电报。他迟疑了一会儿对我说：“我看孙这家伙不可靠，不要上了他的当。”我向冶秋解释说：“他既然有了表示，我们就可以接头，我们的工作到现在，总算有了进步。”“我去找找看，不一定找到，因为我认识的人，他们能找到我，我却不知道他们的住处。”他说的时候有点不大感兴趣的样子。

等了三天，冶秋对我说，“那个朋友没有找到。”听了这句话，我有点失望和焦急，怎么办呢？我认为这件事对于孙，对于华北局势都有影响，危险只有机密泄漏这一点。王既然不干，我得另找路子。

凑巧得很，在王推脱了之后，当天下午陈融生来了，我问他有没有方法给我向解放区发一个电报，他说：“办法是有的，但是我要先去请示一下，等到同意以后，再告诉你。”说这话的时候，丁行也在座，但他却一言未发。

第二天陈来了，他告诉我：“可以办到。”我问他：“机密性可靠吗？""没有问题。"他坚决地劝我放心。

我们两个人紧挨着坐在一张沙发上，这时刚吸完了一包三炮台香烟，我把纸盒子翻过来撕了一半，递给陈："你写吧！"他问："怎样说？"我想了一下："孙决心合作，请速派负责人员来商。"写完了，陈问我谁出名？"写我的名字。"我毫不犹疑地回答着他。

我们坐着一辆汽车，穿过中南海，到市政府附近的路口上。陈下了车："你在北海西面那个大图书馆门口等我。"说完了他向东边走去。我把车子停在桥边，一个人在马路旁的树荫下徘徊，"这个工作，可能是有成就的，也可能是有危险的。"我内心这样地对自己说着。

二、被捕的清晨

命运的安排

我从来不相信什么命运。我，就是我的命运的主宰。

在我不算太长的生命中，遭遇到同样危险的事，不知有过多少次。只是时间上没有这么长，痛苦没有这么深罢了。

所有的遭遇，都是自己给自己安排的，革命只有一条路，"有我无敌，有敌无我"。

干革命不是一种赌博，投上一笔赌注之后，不是赢，就是输。因为革命家决不象赌徒似的，在赌桌上捞胜利、投机、取巧、找便宜。如果把我这次坐牢狱，比做一个猎人，没有把老虎打死，反倒被老虎咬上了，那是再恰当没有的了。

事件爆发的前夜

我是一九四七年九月三日到北平的，到被捕的时候，恰是一年零二十四天。在这一年多当中，中国的问题，有着很多重要的变化。当我离开南京的时候，正在马歇尔九上庐山的当儿，这以后马歇尔的回国，军调部的撤销，张家口、延安的被占，一连串的事件，使得独夫和好战分子们，更放心大胆地进行大规模内战，"戡乱令"也应运而生，各地的民主运动，受到了更严重的摧残，大规模的逮捕，成了报纸上常见的新闻，北平的政治情况，急转直下地恶化下去。

在我被捕的前一个月，北平的特务们，曾进行过一次大规模的深夜逮捕。许多文化人、大学教授、民主人士以及给叶剑英治过牙齿的牙医生——那位从来不过问政治、彬彬有礼的公务员，也被捉进去了。这是暴风雨的前奏曲，也是我被捕前的一个信号。

不过，这些现象，在革命过程中，是无可避免的，在黎明之前，"夜"总是分外黑暗，历史清清楚楚地告诉我们：凡是向时代开倒车，想"残民以逞"的独夫们，不过都是在努力给自己掘坟墓。这时候的蒋介石，正趾高气扬，以为他"得势了"，"得时了"。他深深地了解了"干爸爸"的意思，搭上了这根做奴才的线，便倒行逆施，为所欲为。你等着罢，蒋介石！垮台的戏在后头呢！曾有一次我看到了风筝摇曳在高空，我就想到了蒋介石，我就这么写了：

不要炫耀你飞得高，

若不是那阵西方的风，

你怎么会爬上云霄？

当心断了那细麻线，

看谁从高空里——

翻筋斗，摔跤！

一九四七年九月二十六日，我正在北平一个很老的饭馆——东兴楼——吃午饭，刚刚拿起筷子，就有一个茶房进来对我说："您有一个电话。"当我去接听的时候，"绥署"一个旅级先生告诉我说："孙主任（连仲）要和你说话。"我心里很奇怪，他为什么在这时候找我？当他和我说话的时候，他的声音沉重而急促，这好象预兆着有什么大事将要发生。

"王冶秋现在在哪里？我要见他。"他问我。

"有什么事找他？"我反问着。

这时候他吞吞吐吐地说："我要请他替我写一篇文章，希望愈快来愈好。"我告诉他今天早晨我请他和周范文（"绥署"少将参议）给许多大学教授们送八月节的礼物去了，现在他在谁那里，很难说定，并且，在城外有两个一定要去的地方，"清华"和"燕京"，可是那是没有方法用电话找到的。他们回来，最早怕也要到黄昏。

当天下午约莫三点半钟的时候，我在一个国际俱乐部里打网球，忽然有一个仆役来告诉我："孙主任有电话请你说话。"这时候我心里便嘀咕起来，感到了老大的不快。

"请你立刻到我的家里来！"这是他的第一句话，也是唯一的一句话，说话的声音是那么急促。

我放下耳机，匆促地披了一件西服上身，便跑到东城角他的公馆里去。他的副官告诉我："孙主任因为等不及，到'绥署'去了，请你到那里去。"这时我更怀疑起来。"究竟是怎么一回事呢？"到了"绥署"，我走进他的办公室，看见他坐在一张沙发上，涨紫了脸（遇到严重问题的时候，他的脸就变成了猪肝色）。他请我坐下，好半天没有开口，当他猛然抬起头来，就命令他的副官："你们走开！不要站在我门口！"这时我意味到事态的严重。我便问他："你有什么事吗？"他劈头就说："王冶秋出了麻烦了，这几天破获了共产党在北平的一座电台，抓到了很多共产党的重要分子，和许多重要文件。其中抓到一个女的，是个重要角色。她在北平非常活跃，打通了各阶层的关系，搜集了各方面的情报。这些情报里面，有一部分是王冶秋供给的。是属于经济方面的，这个女的已供认她和王冶秋的关系，但她并未承认王冶秋是个共产党，仅仅只供给她经济情报。所以我要当面问问他，并要把他送交张家耀（李宗仁'行辕'第二处处长，管情报的）处问话。"停了一下，他叹息地说："这次电台的破获，查到的文件太多了！"

我当时相信王冶秋不会有什么"绥署"的军事情报泄露出去，因为他与军方毫无接触，所以我便对孙说："这是不是一件诬陷的阴谋？而王冶秋不过是其中的一个，你如果把他们送去，来一个苦打成招，是会造成冤狱的。"他说："不会的，叫王冶秋安心，如果和中共没有什么关系，问问话就可以回来的。"其实这是废话，特务不抓人则已，一抓便不会轻易放过。不过要抓一个少将头衔的参议，在形式上总须打个招呼。也许特务向孙说的时候，是这么说的。这样，则孙给我说的，就是真的了。当时我在心里盘算，在五个月前，我的那个电报是否也在这次破获的文件之中。我们沉默下来，各人都在打点着自己的事，彼此的外表象很沉静，而心里却在忐忑着。

沉默，象沉重的铅块似的，重压着会客厅，我终于站起来告别，他送我到房门口，我们握了一握手，谁知道一个严重的节目，就从这一握手间开始了。从此，我和孙连仲之间，无论在感情上，还是在政治关系上，也永远地分手了。

我为了急于要知道王冶秋与这件案子的关系，即刻跑到了他的家里去。不巧得很，连他的太太高履芳也不在家。我留下了一个便条，请他在回来的时候，一刻不耽误地来见我。恰巧在路上碰见了高履芳，我便把经过的情形告诉了她，希望她等冶秋回来的时候，尽速作个打算，并约好晚十点以后在我家里会面。

当天晚间，我应苏联驻平领事的邀请去吃晚饭，座中只有我们主客两个。这位领事说得一口很好的英语和华语，我们在不断地碰杯中谈了不少问题，谈到第三次大战问题的时候，他问了我关于这一问题的看法。我们的晚餐延续到十点钟。最后喝过了咖啡，道过晚安便告别了。

我回到家里，差不多是十点半钟，冶秋还没有来。经过了一天波动，这时候疲倦得上眼皮离不开下眼皮，"冶秋为什么还没有来？是不是已被抓去了？"不然，这个时候他该到了。十一点钟了，静静的院落中，风吹下几片落叶，沙沙地响着，却没有冶秋的脚步声。

我困倦得不能再支持，便脱下衣服睡下去了，可是心里万分不安，象大祸将要临头似的，十一点半钟，冶秋终于带着他的太太走进了我的客室！我揉着疲困的眼睛，披上一件棉袍，光着脚走出来，我们彼此脸上都被一种忧郁的表情笼罩着，好象泰山压在每一个人的心上。

我问他："你怎么回来这么晚？"他说："办完了事就去找王倬如一同下小馆。"（王倬如也是逮捕对象之一，因为他很机警，在特务抓他之前，已经躲开了。）我就问他："你是不是和一个中共的女同志发生情报的关系？"他说："我的女朋友你也都认识，从来没有这样一个女朋友，只是有一个男朋友曾经向我要过冯先生在美发表的告全国人民书。"我更进一步地问他："你还有其他的活动没有？因为这个时候，为了你的安全，我们应当考虑对策。"他坚决地告诉我决没有其他活动。我之所以这样问他，他之所以这样答复我，其中还有一段曲折的经过。他是冯先生（玉祥）的秘书，但冯先生出国的时候，他并没有随着出去，我在南京碰到他，问他将来有什么打算？他告诉我没有任何打算，但为了生活的压迫，已把两个儿子送回安徽老家交给他祖母去抚养，另外两个较小的孩子交给太太带到北平，他希望她能在北平找到一个工作岗位，解决母子三人的生活问题。因此，他自己向南、向北尚未决定。当时我对他说："我现在是要到北方去，你最好也能同来，我相信能够给你设法找到工作。"他劈口就答应到北方来和我一起工作，只是他要先回安徽老家替他母亲做了寿才能动身。我到了北平就和孙连仲谈到他的工作问题，希望孙能用他作一个随从秘书，给他讲一讲国际和国内的情势，拟一些演讲和会见新闻记者的谈话稿子等等。孙当时满口的应承，所以我就打电报把他约到北平。当我介绍他和孙见面以后，有一位孙的军法处长徐惟烈便当面从中破坏，说他是跟冯先生颇久的人，思想上恐怕有问题。胆小的孙连仲听见这两句话，便立刻动摇起来。我因为对朋友信用的关系，非常恼火，向孙一再地保证他决没有问题，这样勉勉强强地让孙下了一个手令，任命他做"绥署"的少将参议。后来还有人不断地说些闲话，于是孙就不能把他留在身边了，到差不多一星期，就把他派到我负责的"设计委员会"来服务，我便请他主持资料室工作。

提到徐惟烈，他是冯先生一手培植起来的一位军佐，而且有一个很长的时期表现过对冯先生特出的忠实。一个瘦削的白面书生，脱发的前顶，露出一个宽大的额头，灼灼的两眼，不时左右扫射着，充分表现了他的机警、酷辣和一种显露的聪明。一九二九年韩复榘在河南的叛变——这是西北军最初崩溃的信号——他是促成的因素之一。当冯先生组织察哈尔抗日同盟军时代，他思想变得很"左"，他做过托派张慕陶的干部，我还和他开过玩笑，说他是"典型的红萝卜"——外红内白，把他气得拍桌狂叫，说我太看不起他，侮辱了他。以后蒋介石的特务对他盯过梢，宋哲元把他拘押过，韩复榘在济南坚决地要杀他，我为了友情，挺身救了他一条命。孙到北平之后，他被目为孙的智囊，却没有想到这位"智囊"现在和我站到敌对方向，做了我的对头！伟大的时代，真是一座"洪炉"，把许多人烧成灰渣，同时也把许多人炼成金子。

因为有了上面这一段经过，所以我愿意清楚地知道冶秋真正的活动是什么，这样不但他可以作准备，我也可以作准备。可是冶秋矢口不承认有任何活动。他的太太并且向我解释说："余先生，如果我们有那样的关系，我们瞒别人，还能瞒你吗？明天早晨，请你陪着冶秋一块儿去见孙，希望他不至把冶秋送到特务那里。"我说："只要我们确实能把握住这一个问题，就没有什么严重的案件能给特务们发掘出来，那么我想不会在安全上出岔子的。"谈话就这样告一段落。我将他们送到门口。冶秋推着自行车，他的太太一旁低着头走着。我望着他们的两个背影，消逝在夜的黑暗里。我们真是太天真得象一群孩子，警觉性木头一样地迟钝，在被捕的六小时之前，我们还这样地欺骗着自己，愚弄着自己，安慰着自己，而不自觉！

急骤的敲门声

我在北平住的地方，是孙（连仲）替我预备的。这个房子坐落在北平铁狮子胡同，隔壁就是"绥署"——当年北洋政府时代的海军部，段祺瑞的执政府，门前曾屠杀过一大批学生造成了著名的"三一八"惨案。据说这个胡同在明朝时是阁老的官邸区，陈圆圆也在这里住过。到清初的时候，是蒙古王公府。民初不知道经过了一个怎样的手续，就转移到张宗昌这长腿将军的名下，当他从山东督军卸任以后，就住在这里，把所有房间都编成号码象大旅馆一样，分配给他自己也记不清的姨太太们居住，直到他在山东被杀死的日子。后来宋哲元使华北特殊化的阶段中，他向张宗昌的遗族手中，买了这座房子，作为他们的俱乐部，即"进德社"，里面现在还挂着当代冠盖人物所送的丈二长的歌功颂德匾对。日本人占领北平的时代，因为隔壁那座海军部做了冈村宁次的"华北驻屯军司令部"，而我所住的这座房子，也就成了冈村宁次的官邸。有人说这是一座凶宅，谁住这里谁倒霉。我住在这房子的西跨院内，中间几座宫殿似的正厅，就用作为"设计委员会"的办公室。

一年的时间，在这座房子里，开过不少秘密会议，也举行过多次的专家座谈会和各门各式的座谈会，为了教育孙，要他进步，要他转变，请了不少知名的大学教授来，和他一道讨论国际问题，朋友们很热情地帮助这一工作，知道这不是甚么"捧"和"巴结"的事。一些革命的朋友，在这里住过，联系过。中共方面的徐冰常常突然闪到这里和什么人接头。后来我同许多地下工作者，也在这里接线。

我在这里的日子，军事政治形势，一天比一天显着严重、恶化，工作的进展又是那般地迟缓，效果更是微乎其微，尤其是作军事工作，比赶牛车还费力。这些显赫一时的"将领"们，他们知识是贫乏的，思想是反动的，能力更说不上，简直是一群"草包"。他们的自私观念和野心却是很大的，都以为自己不可一世；其实不过是兔子充老虎，蚯蚓冒蛟龙。他们对于现状不满，很少是由于认识，而是为了个人利害！我们明明看到了他们是燕处火堂，鱼游沸鼎，他们还想乘机会捞一笔横财。浪费了时间，无限的苦痛藏在我的心里。但是为了工作，为了整个的革命前途，不能不耐心地和这般家伙熬火候。中共的大军，正进行着革命的主力战，我所能做的，只不过在挖挖蒋介石王朝的腐朽墙脚，挖多少，算多少，即使让这蒋流氓的部队将领，丧失一点点作战信心，也是好的。

为了挖墙脚，那么，力之所及，就无所不挖了。在军队里挖，在大小头目中挖，在美国人中挖，这也是我和魏德迈在北平见面的主因。学生们不断进行反饥饿、反内战的示威运动，同样是在挖，只要挖去了这小子一点墙基，就是革命胜利了一点。

五月里由于沧州的解放，平汉路的"剁鳝鱼段"的攻势，促成我给中共打了一个电报，电报是由孙的一位外交处副处长陈融生转发的，在我以为这是工作上唯一的收获，却没有料到陈因此而悄然离平，我也因此而落入虎口。

冶秋夫妇走了以后，我回到屋里，坐在沙发上，点着一支烟，瞅着天花板发呆，我担心冶秋这样地回去，有没有特务们在后面盯梢呢？会不会今夜就被捕呢？明天早晨他要来，我是不是陪着他一同去呢？孙要是把他交给那个姓王的特务，我又怎么办呢？

关于我自己的问题，我也考虑着，既然电台被破获，又搜到大批文件，我的那个电报怎样？香烟盒上写的东西，该不会留着吧！不会，决不会的。我这样地宽慰着自己，"万一被搜到了怎么办？"我反问着自己。那就乱子大了，事情也不可想象了！因为我刚把他——孙——领上路，他现在还在摇摆中，如果这时候出事，胆小的他，也许一下就倒下去；一年来的工作，等于白费，整个打算，功败垂成，华北的问题，从此也就大变了。

蒋介石不抓我则已，一抓起来，新帐且不说，旧帐也算不清，坐牢、枪毙，用不着问是连着的，死后的事怎么了？孩子呢？妻子呢？老母呢？一连串的问题赶集似地堆上心头。"管不了许多，怕死的就不造反，造反的就不怕死。"把牙齿一咬，站起来就躺倒在床上。

我沉沉地睡了，也不知道睡了多久，忽然一阵急骤沉重的敲门声，把我从梦中惊醒过来。我很奇怪，以为是什么朋友带了和昨天事件有关的紧急消息来，才这样敲门。"这总不是生朋友吧！"我赶紧地从床上起来，穿着睡觉的那一条短裤和毛线上衣。开了房门，喊起那招呼我的工友叫他快快去开门，等到工友把门打开，一个陌生的大汉快步地走进来，右手里握住一支左轮，食指紧扣着扳机，我就感觉到事情的不妙。后来才知道这大汉就是北平"警察局刑事警官队的大队长"、专门捕捉重大案件的顶顶大名的马快李连福。紧随着就是"绥署"第二处的处长王耀先，他是来当向导的。在他的后面又拥进来四个穿西装和中山服的特务。

我请那一位王处长到卧室外面那间客室里坐下，同时我也穿上了一件夹袍（这件夹袍在牢里我一直穿着它），袜子还没来得及穿上，我就坐下问他："你们有什么事，这么严重地来看我。"他脸上浮起一丝冷酷的微笑！眼睛睨视着我："我也不知道什么事，他们拖我一同来，听说有一点小事要和你谈谈，请你穿好衣服，跟我们一块儿去。谈完话便可以回来。"我原来想问问他究竟是些什么事，但是这多年听说过特务们捕人的方式，万变不离其宗，先软后硬，抗辩也无用，拒绝也无用，现在摆在我面前的就是这一套的实地表演吧。我说："好！我跟你们走！"我便穿上了袜子和鞋子，那个大汉寸步不离地站在我旁边，那双豺狼的眼睛，盯着我每一个动作，也许是怕我会从口袋里掏出能致他死命的"那个"来吧！我们就这么样站起来了。我用沉重的脚步走出了房间，回头对我的工友老张说："你给孙主任打个电话，中午孩子从学校回来的时候，好好地招呼她。"

这时候，我想到冶秋，他一定是先我被捕了。他的家庭负担是那么重，孩子们又是那么幼小。做事的时候，已经不能维持，今后的生活怎样过下去？现在他内心的痛苦，将是怎样的沉重。

从卧室走出大门，要经过几座大厅，我看见每一座房子里都站着几个端着手枪的陌生人，这是他们认为捉老虎必需的一种排场吧！

就这样被牵走了

在我的大门口外，停着四部颜色不同的轿车。对于这么多的汽车停在我的门口，我并不感到惊异，并且我知道这许多汽车，也许有我平时熟人的汽车在内，因为在一次偶然的事件中，我发现了这个秘密；

有一天我向一个熟人的太太说："前天的晚会，为什么他们请你，你答应了来，结果你没有来！"她说："很对不住，我本想来，因为车子不在家。"我带玩笑地问她："你丈夫不在家，车子干什么去了呢？"她很天真地告诉我："那天晚间他们抓人，车子借出去，一夜不能回来，所以我没来。"听她说完了之后，我打了一个冷战："原来你们一家都是特务啊！"这对我也是一个不小的教训。因为他们夫妇平常表示对我很友善，谈话中对于现状也深表不满，自然我不会同他们谈到任何关于政治方面的问题，只是我不会怀疑到他们是特务。

这时，我们来到一辆红色轿车前面，那个大汉把车门扭开，那位王向导先进去，让我坐在中间，大汉坐在我的右边，他那一支左轮手枪始终紧紧地握在右手里，在汽车夫的旁边，坐着另一个矮矮的特务，把右手插在大衣的口袋里，姿态颇为安然。车子开动了，出了胡同的西口，转向到沙滩附近的一个胡同，在一棵大树对面的朱漆大门前，停下了车。后来才知道这就是弓弦胡同十五号，戴笠的纪念堂，特务的机关部。大汉和矮子先跳下车，好象熟练的侍从副官似的，小心地开车门在恭候着。这位姓王的就领着我进了院子中的一个大客厅，客厅里放着五套沙发椅，里面坐着十来个人，这十来个人，有穿西装的，有穿军服的，还有的肚皮凸凸的，好象猪肉铺的老板，有的象跑街的小店员，还有两个象卖油条的。这些形形色色的家伙，大概都是进行各种各样"勾当"的特务们吧。从前我想象中的特务，只是些鼻歪眼斜、面带杀气的副官型、流氓型的一批，没有想到还有这一般从不同的职业部门中挑选出来的牛头马面。

姓王的指给我一个沙发椅子，我便坐下，他转身由客厅的另一个门里走了，从此我再没有看见他，直到今天。屋里的人，都向我投了一个好奇的眼光，他们互相间在耳语着，大概是在问："这捉来的是一只獐子，还是一只虎？"等到那大汉进来，对一个穿少校军服的瘦小子耳语了一句什么，就走了。于是这瘦小子死死地盯了我一眼，然后脸上浮出一种愉快的神情，"把你捉住了。"好象他心里在说。

没有五分钟的时间，一个特务走到我面前说："请你到后边屋子去。"我便跟着他走，那是第二层院子，在左跨房里摆着一个长台子，一个沙发椅子上放着一床棉被，大概是捉了什么人夜里把他禁闭在这里，看守的人所用的。地上抛满了烟卷头，领我进来的这个人，要我坐在他指定的一只椅子上，他坐在对面的另一张上，两个人默默不交一语。过了不大工夫，忽然听到有人在院中说话，操的是湖南口音，声音很熟，"我的朋友谢士炎也被捕了吧！"窗户上接着很厚的帘子，我没法看到外面，只听见两三个人的脚步向外走，"大概是把他解到另一个地方去了。"我心里一沉。

约莫坐了一个钟头。在这么一个沉重而孤寂的空间里，我的神经好象麻木了似的，什么也不想，可是我在心里冷笑，笑着我的命运，笑着我身旁的那狗爪子。你们今天抓我，哼！小心，不久的将来，有人会把你们照样抓起来。

早晨起床后，我有一个习惯，就是立刻先喝一大杯凉开水，今天这习惯是没法继续了。但喉咙非常干渴，因为昨天晚上喝了酒。桌上放着一个茶壶，我和在家里一样举起就要倒，那看我的小子把眼一瞪，狠恶地说："不要动！"我望望他，把手缩了回来。

院子里又传进来边走边说的声音，这声音对我并不陌生，而且是我安徽家乡的声音，我知道这家伙就是北平"警备司令部"陈继承手下的大将倪超凡，他是陈的稽查处长，我在一个宴会上碰见过他，还有人给我介绍了一下。他好象下命令似地告诉另外一个人，似乎是说把我解到另一个地方去，然后要他到办公厅碰头。又有十分钟的工夫，走进来两个人对我说："请你出去。"我就跟他们从侧门的一个夹道里走出去，上了一部黑色的小轿车，车在朦胧的朝雾中向前走，路上很少看到行人，细雨在飘着，深秋的风在吹着，身上感到微寒，心里感到凄凉。车又走过了我的门口，我扭转头来向前看一看，两扇铁门，象伸开的两只手掌，仍和平时一样的在等待着我进去，只是我不能再进去了，我只留给它最后的一瞥。

"绥署"的大门口，还是站着那平时的两个岗兵，昨天我从这大门里走出来，今天我却要从这个大门外走进去。那位朋友仍然是里面的主人，不知道在我被捕以后，他还是不是朋友？他是不是能把腰杆子挺起来，和我一样地干到底？这一切只有留给事实来考验吧。

这时候，我对于生命倒没有什么顾虑，只可惜事件来得太快一点，把我的许多计划打破了。

一件使我惦念和不安的事，就是我的小女儿，她跟我由重庆来到北平，现在还在一个初中里住读，今天是星期六，她照例是十二点半回来，我被捕了，把她交给谁？朋友们是否还能和平时一样亲切地照顾她？她一定会哭的，谁给我去擦干她的眼泪？

车一直向北驶，走过了北新桥便掉头向东，又曲曲折折穿过了好几道胡同，好象是在雍和宫附近，我虽然是在北平住过了不短的时间，但是这些地方，我从来没有到过。司机忽然向坐在他旁边的家伙伸出左手，意思是问，是不是向左方开去？那家伙摇摇头，把右手向前一伸。我猜想他们在这一个区域中，一定有不少秘密的窟穴。那么，左边的地方是什么地方呢？现在把我向一直的方向送去，这又是个什么地方呢？从一条泥泞的路上，又转了一个弯，看见了一排高墙，我隐约看见墙边挂着的一块牌子"河北军人监狱"。我以为他们要把我放在这里，但是车还是向前驶，在这一排高墙的尽头，连接着还有围着一所院落的高墙，远远地看见墙上有岗楼，和一扇铁皮包着的黑门，门上还有一个小门，这时汽车喇叭尖声地叫响了，一个兵从门上的小方孔中伸出头来，望了一望，车上那个特务向他打了一个手势，于是这黑色的大门打开，车子就开进去了。

三、最初的两个月

狱中第一课

进了那黑色大门以后，那两个特务便把我领进一个办公室里去。有一个坐在桌旁的小职员，戴着深度的近视眼镜，从那厚厚的玻璃里仔细地向我端详了一番，便打开他的簿子，问我姓什么叫什么，年纪多大等一大堆的话，然后一一记下来。另外给那两名特务写了一个收条，条上写着"今收到犯人余某某一名"，盖了一个红色的椭圆形的图章，那两个特务没说一句话就转身走了。这时候我才恍然大悟，我不但是被特务抓起来，而且正式有了"犯人身份"。在这里的手续完了之后，这"近视眼"就叫了一个看守来，对他说："把他领进去。"我想我得进监牢了。

我踏进这监房的头一道铁门，远远地就瞥见立在前面桌旁的一个人影，五尺高的身材穿着军服，显得挺健壮，使我大吃一惊，原来真是谢士炎，他先我一步到了。我们彼此望了一望，没有说什么。看守兵就开始搜查他，叫他脱去上衣、军裤、鞋袜，拿下他的手表、自来水笔、日记本、皮裤带，和皮鞋上的带子。他很不耐烦地抗议起来："我是国家的一名将官，我对国家有过不小的功勋，你们这样子地对待我吗？"我知道他很年青，又是那么的高傲，自尊心素来是极强的。当然这种侮辱谁也受不了。我碰了一碰他，因为这些话说也无用。虽然这样，我的心几乎痛苦得使我晕倒。他被搜查完了，紧接就轮到我，我咬着牙齿，瞪直了眼，让他做他愿意做的一切，取去他愿意取去的东西。不过，麻烦从此开始了，没有鞋带还不打紧，没有了裤带这可难坏了，而且我们的裤子是特别的大，现在裤脚已经踩在皮鞋下，我非用一只手提抽着裤子就不能走动。看守在给我们登记着一切东西。谢士炎直溜溜地望着我，我也目不转睛地望着他；我们找不出一句话来。他向看守要了两支刚被扣去的香烟，点着了火，递一支给我，默无一言。等到登记完了，我们就被送进了两个监房。

到了这时候，"犯人"当上了，罪名是什么？我还不知道，今天干我的这一手儿，自然是非同小可。从王冶秋、谢士炎的情形来看，这一网下的范围相当广，倒霉落网的一定还不止这些。而我呢？自知是完了！新事件且不说，单就过去，一本旧账，件件都是铁案如山，特务们想下手，已不是一天的事，尤其那个流氓头子对我。此刻还有什么可说可想的，大丈夫生有时，死有地。流血！那，太光荣了！

过了不到十分钟的时间，一个看守把门打开说："你出来，那边去'问话'。"我想："法庭开得好快呀。"我被领到办公室旁的客室里，里面摆着三只沙发椅子，一张镶着玻璃的小圆桌，有一个长得白白胖胖操着湖南口音的中年人，看样子象是个军事机关的文职人员，他用一种狡猾的谦虚语调问我："你就是余先生吗？请坐，请坐。"接着他又问："你知道你是为了什么案子吗？"我说："不知道。"我反问他："究竟为了什么案子呢？"他支吾地说："行辕有一个人被捕获了，有一件事牵涉到你，请放心，我们等着行辕的公事一到，便请你回去。"忽然电话响了，他就出去接电话，他在电话上"呕，呕"了两声，便挂上了听筒，但也没有再回到这间客室来。随后走进来一个人，说着一口地道北平乡间话，是个黄面孔黄牙齿鼻孔朝天的非官非兵的家伙，后来才知道他就是监房里的"看守长"。他对我说："请你仍然回到监房里去！"我就跟着他去了。我猜想刚才的事，也许是孙发觉我被特务抓去了之后，便去和李宗仁（当时的北平行辕主任）商量释放，后来不知道有什么人从中作梗，经过了什么波折，就决定了把我囚禁起来。

过了约有半个钟头，"看守长"打开了我的房门，手里拿着一套黄色旧单军服向地下一扔，板着他那冰冷而带杀气的面孔对我说："你把衣服脱下来，换上这一套，回头好去'问话'。"做了囚犯，当然要穿囚衣！北方的秋末，天气是多么寒冷，我望着他那一身散着温暖的棉衣服，脱下我的夹袍，脱下我的绒衣，脱下我的西服裤，换上单薄的囚衣。今后监狱就是我的课室，法庭就是考验我的地方。

谈到这所"课室"，里面除了墙壁、门窗、地板和角落里一个粪坑外，一无所有，我象一只刚被捉进铁笼子的野兽一样，烦躁而痛苦，蹲一会儿，站一会儿，沿着墙走一会儿，有时用肩头去抵一抵墙，有时用拳头去捶它几下，再抬头从位置很高的窗子向外瞧，窗外的天变得比碟子大不多少；那面围着的高墙，象是插在云霄里。据说：这是日本人在占领北平的时候，为了囚禁抗日分子特别建筑的。一切的设计，都是出诸一位日本建筑监狱的专门工程师的心裁。在建筑上说，真是做到了坚固、严密、科学的地步，比一般中国式的监房高明得多多了。在这些方面，毕竟日本人高出一筹。

这座监狱很大，周围圈着灰色的高墙，墙上竖着岗楼，岗楼上的兵不断地在墙头上来回逡巡着。他们夜间换班查哨时问口令的吆喝，会叫你的心跳动得更加剧烈起来。

对着门是看守所的办公室，前后两层院子。院前有一条环形的汽车道，特务们的汽车常是彻夜不断地在这上面跑，这跑的次数愈多，会叫你感到苦难又落在更多的朋友们身上去了。

办公室是两用的，特务们审案子也在这里。这里面放着各式各样的刑具，大概古今中外，应有尽有。这些都是考验一个革命战士的设备，蒋介石的政治军事只有两个法宝：一是"利诱"，一是"威胁"，除此之外，别无高妙。

形式上这里是警备司令部的看守所，其实警备司令部另外还有十几个看守所。这里是特务们大规模关人的地方。因为这里的建筑特别好，所以把重要的"人犯"，都关在这里。

监牢是"厂"字形，中间是甬道，两边对着大小不同的监房。监房的门厚重象一扇城门，门的上半截，挖了一个长方形的小孔，上面按着一块铅铁盖子，盖子上有插销，这是为牢头禁子和看守长们窥视里面犯人用的。门的下半截开着一个方形猫洞，传递饭和水。

一只象铁道上的搬闸钉在门上作拉手，一把铁锁象巨熊之掌，禁卒们常常抛出那把钥匙打耗子。门开关的时候，响声特别大，尤其在夜里，打开门象什么人撕裂你的心一样。

监房里的窗子安得很高，站着举起手也摸不着下沿。窗子的下沿是坡形，为的是防备犯人攀登去挖窗户越狱。窗上里层是铁沙，中间是玻璃，外面是铁条。靠甬道的墙角下，还有两个漏斗形的窗子，这是为窥听犯人的谈话设置的，虽极细微的声音，也会传出去。

监房的一角有一个水泥做的便坑，坑底通到墙外一个大坑，这样掏粪便的人，就无从与犯人接触，后来有人发明借着这粪坑与隔壁的人谈话。

在敌人面前

我多半天没有吃一点东西，感到饥寒疲累。在下午两点钟，那门上的铁拉手和钥匙开锁声突然响动了。门打开了，一个操着山西口音穿着军服的瘦长个儿的中尉看守员对我说："请你去'问话'。"我猜着现在是真正开庭了。我要遭遇着什么？会有什么样的结果？只有天知道。我踏着沉重的步子随着他走进早晨去过的那一间客室。劈面碰到一个三十多岁淡黄不带血色的面孔，脸上肌肉的纹络里，透露出一付残忍的表情。嘴里有两个暴牙，好象一只凶狠豹子的嘴，两只眼睛下视象黑夜的猫头鹰，身材不算高，一望就知道不是善类。后来许多难友告诉我，这小子残酷到没有人性的田地。他问案时候，开口就骂，动手便打，牙关一咬，恨不能一下子就打死人。自然还有许多鹰犬在替他用刑。如果你把案子招认了，他会给你个冷笑，这是唯一可以看见他的笑脸的时候。如果你想抵赖，他把眼皮一翻，声音象夜间的一只饿狼嗥嗥地吼着："你不承认，我非打死你不可，我审过两三千人，什么样的汉子都碰到过，谁都得给我老老实实地供出来！"大家给他送过诨号——"剥皮阎王"。他冷冷地立在那里，这面孔对我似乎很熟识，我记不清在什么地方见过他。"我认得你！"我冲口说出来。他好象吃一惊似的，不自然地答道："我……我是你的学生，你是我的校长。""你是我哪里的学生？"他回答说："民国二十年（一九三一），你在山西汾阳主持铭义中学的时候，我在那里读书，不过时候很短就离开了。"我不等他说一个"请"字，就在沙发上坐下来。他也在我的对面坐下，"离开学校以后是不是立刻参加了军统局的工作？"好象我不是一个被审讯的犯人，和他谈起家常来。他叹了一口气，对我说："我原来也是做地下工作，被捕以后，戴先生（指戴笠）把我强拖过来，现在我虽然干这工作，也是不得已的。"这些话自然是在欺骗我。正式的审讯，终于在这种不自然的形式下进行了，他先递给我一支三炮台的香烟，给我打着火，把声调放得很低，很温和地说："我们查到了一个电报，是你给周恩来、叶剑英打的。给孙主任接洽合作的问题。"这话好象在我的头上响了一个雷，我才明白这次被捕的真实原因。不过这个电报是怎样被查出的呢？因为那是四五个月以前的事，而且电台也决没有保存这电稿的必要，况且那电稿仅仅是写在三炮台纸烟盒子上的，这样的一块烂纸头，怎么会被保留着惹出事来呢？我沉吟了一下向他说："这件事有什么凭据？"他打开皮包拿出用打字机打的一份文件，我一看心头好象被炸药炸碎了似的，原来是关于我那个电报的前因后果，一份中共北平地方干部的检讨会议记录，内容还有中共中央给他们关于这个电报的几项指示，这个记录不仅牵涉到孙，还牵涉到鹿钟麟，因为他也是这个案件中的主角之一，结论说我这个电报是华北的一个重要军事行动。这一来倒使我非常地紧张起来。否认呢？的确有这样一回事。承认呢？害了朋友，尤其是孙。仓促间，我决定了不承认，决定和他拖。

我幻想着孙连仲不会把我的事置之不理，因为这件事，他和我是站在一个共同利害的立场上，他一定会想方法把我弄出去，所以这是我下"拖"的决心的原因，但从以后的事实上证明出来，这是我的幻想。一个不合逻辑的幻想。我愚蠢，我在作梦！于是我肯定地答覆我这一个"叛逆"的门生："这个电报不是我发的，你可以问问电台的人就知道了。同时你也可以把电稿找出来对对笔迹，这记录究竟是怎么一回事，你可以详细地问一问他们，如果你们这次捕我是在算旧帐的话，那么我现在已失掉了自由，枪毙就请干脆一点，很可以不必绕弯子，增加不必要的麻烦。"他望了一望我，自然他那一言不合，举手就打的一套，似乎还抹不下脸来用在我身上。他沉默了一会儿对我说："你的这件案子，我们已仔细地商量过，不敢冒昧从事，恐怕撞出别的乱子来，直到昨天接到蒋主席的电报'一律逮捕'，我们才下手。你的事相当的麻烦，因为蒋主席不会忘了你过去的事情，特别是福建人民政府和山东政训处的那些事。据我的判断，恐怕你要失掉自由，并且是一个相当长的时期。"说完了这些，他就站起来："最好你回去休息休息吧！"同时他就喊进一个人来对他说："你给余先生预备被子、枕头，好好地招呼，他是我的校长。"但是，说这后一句话的时候，声音放得特别低，好象不是给他说的，只是说给我听的。于是我便又被带进了那间寂寞的屋子。至于枕头、被子，都是鬼话，我象一棵吹落了叶子的树，在晚秋的寒风中颤栗着。

　　这小子的名字叫谷振文，是从一个看守口中偶然探听出来的，他本来的名字叫郭振同。

　　被捕的原因，总算是弄清楚了。现在最使我为难的，倒不是死的问题，而是怎样去应付审问。我判断我那"高足"不会再来审我，因为师生的关系多少会给他一些拘束。我平生最怕撒谎，平时说话做事，都抱着"好汉做事好汉当"的精神，但这件事却非撒谎不可。

撒谎是一种艺术，总要能扯得周到，前后不露马脚，并且显出所说的，句句是千真万确。我哪有这种天才呢？明知道再审时，不说不行。说吧，如何去虚构理由，这时候的脑子，乱得象一团麻。

外面的雨更大了，雨点由窗棂滴下来，这是我女儿的眼泪吧！风把屋子里的温度吹得更低，身上象被无数条的皮鞭子抽着，我前后左右地闪躲，愈闪躲，鞭子抽得愈厉害，就这样地熬着时间。熬过了下午，熬到了黄昏，没有人理睬我。只有那看守的小子们，每间隔一刻钟，把门上那长而窄的铁盖子掀起来，瞪着贼一般的眼睛向我瞟一瞟。其余的时间只有我那咕碌碌的饥肠在响着。

夜间，大约十二点的时候，我的门忽然"哗啦啦"地响了，这声音非常可怕，我猜想这不是拉出去枪毙，便是又要"问话"了。我低着头，跟着一个小特务，走出铁门。走到院子中泥泞的道上，深夜的雨点打着我，砭骨的秋风搂着我。我一面走，一面想，同时给自己打着气："在敌人面前要坚强！要有硬劲！不要把骨头输给他们！反正是个死，死得要英雄啊！"心里这样地说着。等到我被带进白天两次到过的那间屋子里，早上那个白胖胖的家伙堆着满脸的笑容，请我坐下，递一支烟给我。这时候，另外走进来一位穿着军服，佩着上校肩章的中等身材的瘦子，一手拿着笔和墨盒，一手拿着一卷十行纸，在我的对面坐下来。这位就是所谓书记官吧。后来打听到审我的这位白胖子叫毛惕园，"警备司令部稽查处"的副处长。他在审案子的特务中是唱鲁肃的，别人打人，用刑，他常常出来转弯子说好话，演双簧，骗口供。这家伙面善心恶，不是好东西。他和我一连缠了半个月，常常从夜里十二点左右缠到鸡叫。口蜜腹剑，疲劳审讯，是他的特别技能。那位写记录的是稽查处的一个科长，湖北黄冈人，他们两个人不仅仅是主审官与书记官，也好象是杂耍中的一对相声，一呼一应，一个敲锣，一个打边鼓。

审讯一开始，他总是笑嘻嘻地，带着狡猾的神气，问着我的口供。主要的题材，就是要我说明这个电报的动机，孙、鹿在其中的关系。其次问我在北平和各国领事间的关系，平时宴请他们的目的何在？以及和魏德迈谈话的内容。还问到在我被捕前两天请彭泽湘吃饭时为什么有两位孙的处长在里面（这些都是特务们一年来报告中的各项材料）。关于彭的事到现在还是一个谜。他们对我说，派人抓过彭泽湘，但是他跑了，要追问我彭代表李济深在北平进行什么军事工作，究竟我和他是什么关系。等我出狱以后，有人告诉我，彭泽湘当时并未被捕，并且安然地在北平住了很久，那么他们问我这许多事情的用意又是什么呢？我现在还不明白。此外就打听住在北平的民盟的一个搞军事活动的张云川，和我的关连。最后的几天并追问一些关于我同吴晗（清华教授）的"勾结"，和他怎样把陈融生送走的。我料想是吴晗和其他的朋友在外面为营救我的事有所活动，被他们发觉了。在这一切的问题中，主要的还是要我承认那个电报，和另一件相当严重的一封从香港来的信。

我在一连的几夜中，不管他是怎样旁敲侧击，四面张网，我仍然保持着一成不变的原则，和他推磨子。对于审讯的答复很坚定，很简单，电报的事我坚持着不承认的原则。和领事们的来往，因为我是个留学生，曾到各国去过，并且我参加了北平的国际俱乐部，常在那里碰到他们，他们请我吃饭，我也回请。与魏德迈的谈话，是他两次的邀请我才答应的，这件事美国领事可以证明，谈话内容，都是很平凡的，不相信，请去问他。彭泽湘是我的旧友，他在北平住闲，我请他吃饭，完全是尽东道主之谊，他的活动从没有向我提过，我丝毫不知道。张云川是否民盟，我不大清楚，可以向民盟的人士去打听。我和吴晗是个初见面的朋友，他的事我一无所知。这样的答案，自然他们不会满意。于是他就"引经据典"的在许多空隙中、漏洞里向我反复驳问，我也反复地向他解释，这就是长夜审讯的大致经过。

看情形他们对我用的刑法，是"疲劳审讯"，加上不给我衣服穿，不给我被子盖，每天只给我半碗米汤。夜间审讯，不使我有睡觉的时间，白天用种种搅乱的方法，使我不能休息。不过在这里我还得表示一下，我对于"鲁肃"的"感激"，每夜我一被带到他这间审讯室，他就伪装着很关切的样子说："啊哟，你冷了吧？"就赶紧叫一名看守给我拿一件棉衣来（就是看守们穿的军用棉风衣），等到审问完了，他送我到门口，不断地给我说："关于你的生活的事，是归另一部分人管理，我要告诉他们招呼你。"但我一回到自己的屋子，我这一件棉风衣便被拿走了。

这几天，整个的监牢，象一个每天工作二十四小时的工厂，全部机器，昼夜不停歇地开动着。铁栅栏的启闭，监房门的开关，掺杂着粗厉的吆喝声，询问声，带着悲痛的抗辩声；尤其在夜间，一个或几个人的脚步声，轻微的唏嘘和叹息声，使我的心，时刻地紧张起来。这次的案件，不知道究竟扩大到怎样的程度？数不清的特务们捕人的手，向这座古城伸出来，伸到每一条街，伸到好多人家，伸到许多人的身上，北平陷在恐怖中了。

一天下午，约莫三点钟，我正在昏迷地依着墙边，忽然听见一种带着泪的喊声："这是什么地方？你们把我骗了来！我的二宝呢？我要我的二宝！"我知道王冶秋的太太高履芳捕来了。梁蔼然、丁行之、朱建国、石崚，都是这些日子捕进来的。

后来听说冶秋在我被捕以后，照着前一夜晚的约定，骑着自行车跑到我住的地方，要我一同去见孙。他一进大门，看见有许多汽车和带着枪的陌生人，知道情形不好了，这时想退出来也不可能，他只得推着车壮着胆向里去，在我住的院子门口，正碰着一个特务和我的一个勤务兵走出来，那特务问："这是谁？"我的勤务兵告诉他"不认识"。冶秋一直向后门走，这时后门外也停了一辆汽车，另一个特务带着我的一个勤务兵坐在上面，当冶秋出来的时候，特务问着"这是不是王冶秋"？那个勤务兵照样地答复"不是"。冶秋跨上他的自行车，没命地跑了。

在第五个夜晚里，我隔壁的门响了，看守喊着高履芳的名字，她被喊出去不久，就回来了。紧接着我就被召唤，我不知道高履芳的被传讯，牵连到我的什么事。等我走到院子，我感到情形大大地和平时不同，院子里摆着六辆小轿车，卫兵们五步一个岗，雪亮的刺刀在星光下闪着寒光。那两个看守长和看守员，都换上了整齐的武装，皮带上挂着左轮枪，满满的子弹带围在腰间。就在那平常审讯我的屋子的沙发椅上，坐了两个我从未见过的面孔，墙边上倚着一根长有六尺的木杠子，还有一个约莫三尺长四寸宽半寸厚的板子。他们喊我坐下，面孔非常冷酷。那位"鲁肃"很慌张地在屋子里打了一个转身，匆匆地出去了。这两个人都佩戴着国防部的证章，一个穿军服戴着眼镜，一个穿着中山装，嘴上栽着一撮日本胡子。后面这小子，把桌上的一封信放在我的面前，说："高履芳说这封信是你的。"我一看信封上写着"徐×先生"下面是"朱×自港寄"。我认得这笔迹，我在心里叫喊说："天呀！你为什么这么残酷呢？"我那电报案子还没弄完，怎么这一封信不早不晚恰恰在这个当儿寄来？自然我只有一条老命，并且现在只剩了半条，纵然这几天，他们不枪杀我，这奄奄一息的生命恐怕也不能撑持多久了。这倒不打紧，最叫人可怕的是这信的内容，牵涉的范围太广了。

原来这封信上两个人的名字都是假的，里面却是真的，叫我从哪里否认？又叫我从哪里找出第二个同姓名的朱来？当我打开信一看，每一个字象一粒枪弹，粒粒都打在我的心上。我虽然强自镇抑，又怎能掩饰这惶恐痛苦的心情？那两个小子的四只贼眼，死死地盯着我，在这间不容发的瞬间，我把牙一咬，就打定主意，反正脑袋只有一个，他们倒不会杀出第二个我来。好在现在我的身体是这么坏，那旁边的杠子、板子一接触就会完事的，与其迟完事，不如早完事。今天晚上大概是限期到了。

信是朱蕴山写的，从香港寄出。内容共分五点：一、好久不通信，按着规定六个月见一次，现在是时候了，最好是我能到香港去；二、他正在筹资本，不久要到预定的第一个地方去，不成的话便去第二个地方；三、各方形势日益严重，应加速的请人入股，否则大家都完蛋；四、香港正计划大干，进展很顺利；五、催我赶紧写报告，大哥要等我的材料，好作全盘打算。信纸背后并附着李任潮先生在香港的通信处。文字中还有许多新的政治术语，有些句子，仓促间我也看不懂。

那个戴眼镜的家伙，后来听说他姓黄，是北平军统局的负责人。好厉害的家伙，他的舌头好象带着刺，这家伙一定干过很久的"地下工作"，或许是从一个革命阵营中叛变过来的。不然的话，他提的问题不会那么尖刻、毒辣，叫人连闪躲的机会都没有。他开口问了："这封信是你的不是？"我说："是！""朱是干什么的？""我们是安徽同乡，多年的朋友。"我这么回答。"信中的事，你给我们解释解释。"难题来了。我放大了声音仿佛理直气壮地对他们解说，其实心里早就泄了气了："有许多事我知道，有的事我就不知道了，因为信是他写的，也并不是答复我的什么问题。当我们在重庆的时候，常常谈着未来的问题，这问题纯粹是生活问题。我们想筹一点款子开一个书店，一方面可以糊口，一方面对于社会文化上还有些微的贡献。这样就可以不在政治漩涡中打滚，如果筹不到的话，我们打算回到安徽屯溪去开辟一个小农场，从此过归隐的生活。他所谓到第一个地方或第二个地方，也就是去筹款，筹款不成就去种田。"我说完了这些，他定睛地瞅着我，接着就冷笑了一声："你这许多掩护自己的话，还想拿来骗我们吧？你是工作技术相当高的共产党员，你借着和这里上层的勾结来掩护你实际的行动，我们都有了确切的调查。"说完了就向那个穿军衣的摆了一摆头，看情形是示意给他向我下手，我想一顿毒打是免不了的了。那家伙摇摇头，随即给我说："余先生，在军事上你是前辈，但我们是军人，象每天这样绕弯子，解决不了问题，我们是不能忍受的，我们是军人，只有用军人的方式来解决。"他停顿了一下，说："周恩来有几个电报给你，今天我没有带来，明天晚上我把一切证据给你拿来，希望你考虑一下，直截了当地把你的事情，一件一件说出来。"说完了这些，那戴眼镜的家伙，又向他摆了一摆头，他还是把头一摇。沉默了一阵过后，他们就站起来，叫一个人把我送回去。

回到屋里，痛苦几乎把我掩埋了，我全身是汗，我全身在颤抖，我的眼泪不知藏在什么地方，否则我会大哭一场，也许我的泪泉枯涸了。我记得在十七个月里，我没有流过一滴泪。

一连有三夜没有来麻烦我。可是在这三天三夜中，我所感到的痛苦，比刚一进监牢的时候还沉重！我倒不是怕乱子闹大了，只是这乱子牵涉的人太多，李济深先生在香港，冯玉祥先生在美国，我说出来也不会于他们不利，但陈铭枢、龙云的关系，我怎能吐露？我找不出任何辩护的理由，任何自杀的工具，我只有一个办法，就是"拖"。一到夜里我就作着准备，准备着更大的苦难来到，只要听到任何一个响动，或者是走过我门前的脚步声，我总以为审问我的时候又到了。但是许多次开门关门的声音，都是别的难友被提出去审讯。我的头愈感昏沉。饥饿的威胁，过分的疲劳，使身体渐渐地衰弱，站起来已经是大感困难的一件事。在漫长的白昼和黑夜里，我仰卧在地板上。冷，不断地使我四肢抽搐着，我的气管中断续着呛出微弱的咳嗽声，睁大了眼，眼前却是一片朦胧。我看到那片墙上臭虫血的斑迹，和那壁上灰扑扑的颜色，都变成了景物和人物的幻想了。这时唯一的愿望，是能快快地死去，或者就这样在饥寒中死去，或者他们把我拉出去枪毙！这个死的念头帮助我克服了许多痛苦。

我不复是一个壮年人了，我觉出我在衰老，"死"在呼唤我！

> 白昼，是一条抽不尽的细丝，
> 夜晚，飘流在无边的海上。
> 明明看的是一座仙宫玉宇，
> 原来是那面抹满臭虫血的墙。
> 一点微细的声音，
> 听来比春雷更响；

一行一行的纸上字，

象成群的蚂蚁上战场。

北风吹到屋里，

我就东摇西晃，

摸着胸膛的筋骨，

象铁打的钉钯一般样，

皮包骨的两只瘦腿，

恰好做了钉钯把，

搔落的头发，

比雪还光亮，

这一切的磨难，

只有叫我更倔强。

　　在一个夜里，呼呼的风吼中，一阵汽车喇叭响过之后，隐隐地听到汽车向院子驶进，随即马达声就停息了。这里审讯案子多半是在夜间，而且这些审案子的特务们，都是坐着汽车来的。我照平常一样的心境，准备他们叫我去"问话"。果然我的门响了，我又照样地跟着一个看守，走进那个惯熟的屋子，那两个厉害的家伙却没有看到，白胖子又站在那里等候我。今天他的面孔上没有了微笑，坐下以后，沉吟了一会儿，很严厉地对我说："'蒋主席'来了，对于你的案子他追问得很紧，我们都吃了钉子，因为一直到现在你还没有说出任何足以叫我们交差的口供来。事实很简单，我们知道你不是共产党，也和这里的干部没有什么联系。但是电报是你打的，证据确凿，可以说人证物证都有。"我听到他说人证，我就反问他："你说的人证是谁呢？"

他说:"被破获的电台的负责人,他供出电报是你亲自写的,也是你亲自交给他的。你不承认,只是徒然地拖延着审讯的时间,这对于你太不利了。"我从他的谈话中听出一个漏洞来,那两个家伙为什么没有来呢?周恩来的回电和一些别的证据,为什么不拿出来呢?问话的语气又和那两个家伙不同,这到底是些什么原因呢?自然我猜不准这里头发生了什么变化,但是在证据上除了那个电报和那封信之外,大概不至再有其他的线索了。我仍然照着我以前的原则答复他。在前一件事上他仍然无所获,便又转到朱的信上去了。他说:"我们接到中央局的电报,说朱是民盟对内关系委员会的主任委员,这个组织是搞军事运动的。"我对于这件事的说法,仍然和以前一模一样,不过多加了些闲话。我看他直打呵欠,疲惫不堪,有时竟打起盹来,自然我的眼皮也象帘子一样垂了下来。这一天的夜里,我们就这样的结束了。

第二天晚间,我又照样被喊起来。到客室刚坐下,就看见另外一个陌生人,穿着中山装,灰色的面孔,带着凄惨的神情坐在那里,个子倒不小,骨架也很大,一望就知道是个北方人,以为他是另一个审我的特务,白胖子定睛地看着我对这个人的表情,等到发觉我不认识他,就开口说:"你们两位不认识啊!"我说:"不认识"。这个人就问白胖子:"这是哪一位?"白胖子说,"这是余心清先生。"他说:"久仰,久仰。"我没有回答什么。白胖子这时候告诉我:"他是李政宣先生。"我问他:"李先生在哪个机关做事?"白胖子答道:"他是中共电台的负责人。"我这才恍然大悟,那份检讨记录和许多文件都是从他那里抄出来的。白胖子随即问他:"你说余先生那个电报,是交给你发的?"他说:"是的,并且是余先生写的。"我这时候有点生气,心里说:"电报虽然是我的,却不是我写的,为什么你也帮助撒谎？"我便反驳他："我们既不相识，我怎么能够把电报交给你？你又从哪里断定那个电报是我写的呢？我并不怕死，你若是一个革命朋友，你应当澄清事实。我倒不希望你来掩护我，但至少你不应当抹杀事实，曲意地来诬陷我。"他听了我这一番话，好象感到了什么刺激和惭愧，便转脸向白胖子说："电报是有的，是陈融生转交的，是不是余先生亲笔写的，现在我不敢证明，请你把我的口供改一下吧！"白胖子听了就有点不愉快，似乎这出双簧穿插得不够巧妙。李紧接转过来对我说："余先生你是我很佩服的人，你是个进步人士，我手中有过关于你三千多字的文件。"这几句话叫我确实冒火，我心里说："你这无耻的家伙，你太浑了。"说到这里，白胖子就岔开说："好好好"，然后对李说："你先回去吧！"李走了之后，白胖子又开始那一套的审问，好象哀求我说："余先生你总得把这个电报的事说个大概。"我在这时实在也没有再可申辩的。我对他说："事情只有这样，你们该怎么办就赶快的办吧！延迟时日，徒然增加我的痛苦。"他听了又对我说："我们希望你再考虑考虑，明天给我一个答复。"

蒋介石为什么这一次到北平来，我知道他的"自信力"极强，可是猜疑的心也同样地极深。这一次的案子，在他看来是一种严重的威胁。因为除了我不算，单是少将头衔他要逮捕的就有五个之多，其余校官，空军干部，公务员，中共的华北负责人，以及各地的负责人，数目字也是非常惊人。现在除了中共的主力和他在各战场搏斗之外，我的工作在他认为是挖他的墙脚，挖了多少我不敢相信，然而对这样一个挖墙脚的人，他一定是深恶痛绝的。他玩了多少年把戏，把一个一个的杂牌军头目玩掉了。孙（连仲）也是杂牌军队之一，虽然效忠了他多年，但他总是象玩一只小豹子样地时时防范着他。当孙被派到北平来接收，他的直属部队三十军，沿着平汉路北上，在彰德附近，被解放军吃掉一大半，剩下的一个师，调到山西拨归胡宗南的指挥系统，而叫孙领着战区司令长官的头衔，耍着光杆的指挥旗。虽然侯镜如的九十二军与他有私人的情谊，但是这个部队，仍然是黄埔的系统。其余归孙指挥的队伍，大部份是胡宗南的部队，这就可以知道他是怎样地不放心这只"小豹子"了。所以，那个电报至少是在蒋身上痛痛地打了一鞭子，他为了恨我，恨孙连仲，恨这许多他认为他训练出来的将校们这样背叛了他，该是他此来的一个大主因。所以要跑来看一看这究竟是怎么一回事。

被捕到现在，已经过了整整的半月了。这案子还是在拖。拖，对于我是痛苦的伸延，况且他们决不容许我再拖了！拖不是为了我自己，不拖就得明说；明说了，就不免影响到孙和鹿，我又何必为了要求速死而危害到朋友身上！为了革命，为了道义，我不能不顾虑这一点，这是我最难解决的一个问题。我反复考虑这件事以后，我决定了一个原则，宁可给敌人砍一颗脑袋，不叫敌人砍三颗脑袋。因此对这个电报，我决定承认，承担起一切责任，并替孙、鹿解脱，是为"缓兵之计"，好使他们在军事上立得住脚。从蒋的统治一贯的手法上看起来，孙是一个杂牌军队出身的，是冯先生（玉祥）的部下，他虽然心里想要把所有的杂牌军队的残余武力灭光杀尽，但在今天，于势尚不可能。因此对于孙，还不是下手的时候。说到鹿，他是一个西北军的宿将，虽然没有兵权，然而还有他的资望，为了一般的舆论的影响，也不至于在这个时候，在这一件事上给他任何的危害。然后我要把我对国内问题的政治认识，剖白一番，至少要申明我的政治立场，加重我的责任，减轻他们两人对这件公案所担负的责任。当第三天的夜里我把这一切我所决定说的统统地给白胖子说了之后，他并没有多问什么，好象很满意这一结果。他要我把方才所说的写出来，我答应了，只是我告诉他这只颤抖无力的胳膊，我不知道还能不能写字，我将尽力地去写。回来的时候，我心里感到轻松！

　　我在那份供词上，写得简单明瞭，在结尾处我这么说："鸟之将死，其鸣也哀；人之将死，其言也善。全国的人，都不愿打内战，国家的人力财力也不许打内战，穷兵黩武，后患堪虞！见仁见智，非我所顾，年已半百，死当其时。"用我颤抖的手，悲惨的心，断断续续差不多整整地写了一天，我并没有存着任何的幻想，希望拿这篇东西去感化那个流氓，可是这篇东西他一定会看到的。

火的洗礼

　　一个性格高傲自尊心强烈的人，平日处世是"一言不合，拂袖而去"。碰到坏人，更是"嫉恶如仇，决不妥协"。今天这些特务小子狠狠的一脚，恰恰踢在这个痛处。

　　特务们用一对"阴阳掌"对付被抓到的人，所谓软硬两套：有时有软的，百般的侮辱，打击你的自尊心；有时换上硬的，使用各种酷刑，叫你伏伏贴贴地屈服，他们最头疼的是软硬不吃的人。

　　我自命是对坐牢有心理上准备的一个人，可是想象只是想象，现实却别有一番境界，虽说是你能"熬"，但其中滋味并不象想象中那么轻快啊！

　　当我与谢士炎先后被检查的时候，虽然劝他忍耐，其实我的心里又何尝忍得下！等到把囚衣穿上，心里的屈辱，比身上感到的寒冷更厉害，更难耐！

在我当年笃信基督教的时候，我曾经做过"禁食"的工夫。那是自动的，一方面固然"饥火难熬"，但另一方面却感到一种精神的安慰。现在被动地受着"饿刑"，境界是大不相同！饿的火焰在炙灼着每一个细胞，同时寒冷在刺着每一根毛孔，盼望着的那个"死"却远远地站着向我狞笑，它慢慢地移动移动……好把苦难的时间拉得更长……

有一天夜里，熬到了约莫破晓前两个钟头，忽然瞥见西面的窗子外，一块不大的天边，闪出一颗星星来，亮得象一只张大的眼睛，不移动地瞅着我。这时，我的灵魂顿时地苏醒过来，心里也立刻光亮了。

　　黎明，

　　天边，

　　一颗星，

　　睁大着眼睛，

　　穿过铁窗，

　　直瞅着我的脸。

　　啊！是谁？

　　她不是我已死的

　　那个女儿——华清吗？

　　怕我经不起，

　　这火的洗礼，

或者怕我过分悲伤，

会寻个狭道儿下场。

她冒着风霜，

冒着夜寒，

来和我作伴，

要为我守望。

啊！不是她，

是我现在的女儿华心，

一枝娇嫩的幼苗，

在溺爱中生长，

生命中的暴风雨，

这回，在她还是第一趟。

现在：爸爸铁锁铆铛，

妈妈又远隔着重洋，

十二载童年的欢乐，

顷刻间烟消云散，

噩梦把她惊醒，

那透过泪痕的惊慌，带着泪的眼睛，

在怅惘，

在张望。

啊！不是她，

是烈士的幽灵，

要告诉我，

他们的经验。

一粒种子，

不死在泥土里，

累累的穗子，

就不会成长，

真理永不毁灭，

正义一定为群众欣赏。

啊！不是这样，

她是自由神，

用夜的沉默，

向我歌唱：

那里有奴隶，

黑暗，

争取到自由，

就有了天亮。

自由不是恩赐，

要用血交换，

烈士们的断头台，

后代自由的光芒。

　　在这座监牢里，一共住了两个月，读着各种不同的生活课本，认识增多了，体验也加深了。

　　当我被捕的第三日，那天是中秋节，忽然我被唤出去照相，我想这回是完了，因为监牢里有一种惯例，死刑以前，一定要照相。一个穿着挺神气黄呢军服的军人，拿着一个新型的"徕卡"照相机，给我照了一张相。照的时候，两个卫兵把卡宾枪端起来向我瞄准。照完了之后，我刚刚跨进头一道铁门，有一个看守向我叹了一口气，好象很怜惜地说："唉！人生的一关……"。我走到第二道铁门，另一个看守照样这样地重复了一遍。我想大限大概是今天下午了。我在屋子里等候着，等候到日落，还不见有什么动静。我猜想，一定是不公开地把我杀掉，一定是等到更深人静，把我拖到荒郊无人的地方去解决。

死倒没有什么，遗嘱却不可以不写一通。我就紧敲着门板，把看守唤来，我向他要纸、笔、墨。他问我做什么？我说："你们白天不枪毙我，要在夜里执行，恐怕那个时候，就不容易有功夫写个遗嘱。我现在准备先写好。"他回答说："我们还没听说这么一回事。"我疑问着："照相不是为了要枪毙吗？"他说："为什么照你的相，我们不知道。"那么我只好做一个没有遗言的死鬼了。

最初的几天，一个最难办和最难解决的问题，就是每天的大便，虽然不吃什么，到时也要蹲毛坑，蹲上之后，善后却无法应付了。手纸没有，遍屋子也找不出一小片纸来，身上只有这么一套单囚衣，撕哪一块也下不去手。穷急智生，把袜子脱下来。第一次用袜底，第二次用袜面，第三次用袜筒的一面，然后再用另一面，等到两只袜面用尽了，再把它翻过来，这样节俭着维持了半个月。

在最初的一个月中，不但没有洗脸手巾，根本就没有洗过脸，我自然没有方法看见自己的"囚首垢面"，到底到了一个什么程度。抚摸着脸，只知道胡须长得颇长，手脏得和一个从矿坑里才出来的掘炭夫一样。那手指上长长的指甲，里面藏满了尘垢，我虽然不断地用另一只手的指甲把它剔出来，然而那些染房里的染缸，永远是带着颜色的。

最缺德是那一天两顿的"饭"。给你一个铁碗装饭，一只铁碗装汤，调羹没有且不说，吃饭也不给筷子。不知道这是从哪一国的监狱法的经典上传授给这些王八蛋的。在最后他们给我吃饭的日子，我一端起饭碗便想哭，自然我是不会哭的。我看着污黑的手，爪子一般，用它来把饭拨到嘴里，不等张开口就有点想呕吐了。后来我没有办法，想了一个主意，把一件衣服上的一个牛角做的扣子拧下来，就捏着这扣子，把饭拨进口里去。

提到了"饭"，我就想到了那残酷的人们。"饭"，是霉烂的军米做的，里面三分之一是谷壳，三分之一是稗子，其余才是米。煮得干饭不象干饭，稀粥不似稀粥，每一粒饭咬在嘴里，外面是软的，里面却是硬的。后来我向别人打听，这是什么缘故，他们告诉我，因为管厨房的人要在米和煤火上揩油，为节省火力，煮饭的时候，同时放下一把碱，这样，饭就可以很快地"煮好"了。那些谷壳稗子，吃的时候就没法把它们吐出来，如果要把它们全部吐出来，那就等于不吃饭。

每隔三天吃一天小米饭，这小米饭里三分之一是砂子，没法咀嚼，因为咬到砂子就咬不到小米，只有把嘴张得大大的，把它一口一口地硬吞下去，象吞一个带核的枣子。吃了以后常常感到嗓子痛，我对于这小米饭，和对那大米饭具有一样的心情——憎恨！

身上穿的一套囚衣，不知道曾被多少人穿过，留下他们的血污和气味。过去在参观监狱的时候，常常嗅到监里有一种特别的味道，总以为那是窗户不开，空气不够。我现在才知道，这种特别的气味，是因为许久不洗澡，汗和身体的各种分泌所融汇而成的。我这套囚衣上，就充满了这种令人发呕的臭味。穿上了三天之后，我的遍体觉得有什么东西在上面爬动，我还以为是生了疥疮呢（其实我的眼睛这时候已昏花得不会看见）。在两星期以后，屋里增加上一个伙伴，我请他打开来看一看，他大吃一惊叫道："这么多的虱子啊！"

监狱里的另一种痛苦，便是一个人关在一间屋子里，没有人和你说话，也没有人可以商量点什么。这种寂静的生活，尤其是在这恐怖的天地里，就是一个最有胆量最有勇气的人，也会感到毛骨悚然。屋子显得更大，更空旷，里面的空气，都含着威胁恫吓的成份。时间在这里，更是难堪地煎熬着我！没有书报看；抬头永远是屋顶，环顾永远是四面墙，俯视永远是这块惨白的寂静的地板！一天的日子，不止象一年，简直是一个世纪。

有些日子，特别是那封"香港来信"的几天，我想尽方法要自杀，我把头撞过墙，不知道为什么头骨是那般硬，撞一个大包，撞昏了神智，却撞不死；我用过那块盖粪坑的盖子打过头，那板子太薄，分量不够重，不能来个痛快地脑浆迸裂！我仔细地找钉子，连一根牙签大的木签都没有。我多么希望"死"能被我一下抓住，象我被他们捉住一样。我心里不断地这样默祷着：

死神啊，

你来！莫迟疑，

我等候你，

象少女，

等候佳期，

生命似花朵，

有开有落，

那不尽的路，

留给活着的战友走去。

死神啊！

让我们握手，

在你那里，

我不再寂寞，

我不再发愁，

因为已死的烈士，

比星星还多，

一刀之后，

正好松松肩窝。

一件使我最怕的事，是怕我会疯了。我的脑子经常象一座战场，万马奔腾，万弩齐发，喊声震地，海啸山崩。思潮象洪流决了口，我自己失掉控制的能力，明知道需要沉静，但愈想沉静就愈纷乱！照这样发展下去，一定会疯狂的！疯狂了不打紧，给特务小子们看热闹，是多么可耻的事啊！

我背诵着《正气歌》，却忘了一大半；我数着一、二、三、四、五，不久就忘了数字；我愤激了，就唤着自己的名字，"余××，你是这般没出息啊！"

我走出牢门以后，有的朋友安慰我说："坐牢是一种人生最宝贵的经验，这次你所获得的一定相当的多。"我叹了一声，回答说："这种经验，代价未免太大了，我真不愿意获得它！"我在里面的时候，是抱着一种死的决心在忍受。但是今天回想起来，犹有余悸。

苦难的伙伴

"宁可错抓九十九个，不要让一个人漏网，宁可错杀一千，不能错放一个。"这是特务们办事的原则。这次北平案件，听说牵连了全国各地八百多人，沈阳、热河、兰州、西安、天津、上海、南京等地都包罗在内。我被抓进以前，已有三、四十人进来了。当我被捕以后，一连十九个昼夜不断地有新的人进来，前前后后约有一百人，可是其中八十多人都是无辜被牵连的。

一天夜里，约莫两点钟的光景，我的房门打开了，送进来一个长得胖胖的不到三十岁的青年，他仍穿着原来的长袍，左手夹着一床棉被，一声不响地摊开倒头便睡。这是我坐监以来第一个伴侣，当天夜里彼此都没说什么。因为我把握不定他究竟是怎样的一个人。我怀疑着他是特务们派来扮演"苦肉计"的"黄盖"，第二天我们才慢慢地谈了话。他姓马，他是燕大化学系的一个毕业生。他在南开中学读书时候的一个同学，到北平来在他家里住了一个月，后来就走了。这个借住的人的一个朋友被捕了，日记本上有他住过的马家的北平通讯处，客人没捉住，主人被牵进来。

在这同一时期接二连三地发生了许多类似的事件：

我的朋友赖亚力的太太朱艾江跑了，把朱的日本籍的妈妈抓来了。

李政宣的小姨子，一位十八、九岁、刚考进大学的学生，也被抓来了。

一个厨子，当他回家的时候，看见和他同院的一个小女孩在路旁哭，他善心地抱她回家。他被捕了，因为孩子的爸爸刚刚捉走。

有一对姓钱的兄弟，一个是从桂林的土木工程学校毕业，一个刚在上海交通大学电机工程系毕业。兄弟二人，刚刚回到北平不几天，因为抓不到他们的姐夫，他们就被捉进来。

一个农民银行的小职员，有人对他说，他的表弟被捕了，他正在数着钞票，就请另外一个同事向表弟家中打个电话，问问是怎么一回事，电话被特务接着，两个人都被捕了。

李政宣为了掩护他在北平的电台工作，开了一爿无线电收音机商行，正在修饰门面，给他油漆门面的漆匠给抓了，设计门面的一家广告公司的老板也抓了。向李的铺子讨煤帐的小伙计也抓了。

后来和我押在一块的一位跑收音机买卖的掮客，他托人把从乡下刚来北平的一个十六岁的兄弟介绍到李的铺子里当学徒，进店不到一星期就被捕了。这位仁兄找着介绍人一块来打听情况。于是双双地捉下了。

还有一个过路看热闹的傻小子，他目不转睛地看着里面在捕人，他好奇地逗留在门口，也被捕了。

这样的人大概八十多名，都是因为这些不相干的关系，荣膺上"匪谍"的头衔，一跃而成了政治犯。

不管是不是地道的"匪谍"，一进了这只笼子，有的是苦头吃。当这些冤哉枉也的难友们，一被抓进来，有的在哭，有的喊冤枉，有的带着一种乞怜的声调，向那些看守小子们诉说他们不是共产党请求恩免的废话。那些小子们带着玩笑地回答道："黄巢杀人八百万，在数在劫的都难逃。你们到这里，都是劫数，命中注定的，灾星一退，就无事了。"有的人就紧接着问："我们的官司，什么时候能完？""完，等着吧！少则三个月，多则一年半载，哼！看运气吧！"他们神气十足地边走边说。提到这些狱卒，真是："龙生龙，凤生凤，耗子生儿能打洞"。中国的狱卒一向是缺乏人性的，多少生命断送在他们的手上！

在特务所统治的监牢里，这些狱卒们除了承受历代他们的师父、师祖们的遗产，现在又加上蒋介石和他一般徒子、徒孙们的衣钵，残忍、狠毒，可说是登峰造极，空前绝后。

这里"看守所"的所长姓周，是个彻头彻尾的特务爪牙，小米掺沙子，煮饭加上碱，都是他干的。别人说他信佛教，我从两个月的生活来观察他，要是佛教弟子们象他那样，我要念一声"阿弥陀佛"。

他手下的两员大将，一个是黄面獠牙的看守长，一个是眼皮下垂目光低视的老西——典型的特务看守员。这两个小子在日本统治华北时代，当过汉奸。等到国土重光，他们在什么"中美训练班"和类似的地方洗了一个澡，便派来担任这个角色。他们看犯人——我们这一群"政治犯"，好象屠户们看着那圈内圈着的一群猪。这其间，无所谓同情与怜惜，只是仇恨与报复。当然，这些家伙对政治犯，用屠户对猪来比喻还不顶恰当。

在监里的朋友，最喜欢唱的一出戏是："四郎探母"。而唱得最起劲的，最感伤的一段就是："我好比笼中鸟有翅难展……"。其实，关在中国式监牢里的囚犯，特别是关在特务们统治下的监牢里，何尝比得上"笼中鸟"。陷身囹圄的难友们，不过是这般狠似豺狼的匪徒们一种剥削屠杀的对象而已。我以为做囚犯苦，做中国的囚犯更苦，做中国的政治囚犯，尤其是苦中最苦的了！

每一个人进来以后，头一道关就是检查，在第一次坐牢的人，感到最痛苦的倒不是遍体的搜查，而是那副面孔和搜查时所给他的侮辱，平时的自尊心，这时给他们一扫而光。如果说"士可杀而不可辱"，那么，一进牢门就无法活下去。

女难友们被检查时，就更苦了。这里没有女看守，这些坏蛋，要她们脱去外衣、胸衣、袜子，还要她们脱去仅有的一条短裤。有的就不肯脱，并且带着号叫地抗议："你知道我是女人吗？"蒋介石的"礼、义、廉、耻"，也在这里被奉行着！

女难友们，凡是长得漂亮的，那个山西籍的看守员，和一个戴着近视眼镜的看守，就不断地打开那门上的小铁片，从那横着的长方孔里和她们聊天，用许多不堪入耳的调戏的语句，逗引着她们说话，恶棍们是四个钟头换一次班，夜间也是一样，这些坏蛋，在他值班的时候，常常深夜强迫女难友们坐起来，陪他们说话。这样他们就很容易地混过值班的时间。

开口骂人是他们的家常便饭，因为你挨了骂，决不敢回口。如果你回口的话，他会骂得更厉害，并且向他们的主子们报告，说你不守所规，企图暴动，那么，皮鞭子会叫你更痛苦。砸上脚镣，戴上铐子，那是轻而又轻的"处分"。

有一个难友，在吃饭的时候，因为头痛得抬不起来，仍旧躺在那里。看守便恶声恶气地对他说："你为什么不起来？"他说："我很不舒服，不想吃饭。"这家伙扳着脸说："我叫你起来，你就得起来。"他回答说："我实在不能起来。"于是这家伙就大大咆哮了，痛骂了他足足有三十分钟的工夫，骂完以后，还对他说："我今天罚你一天不许吃饭，也不许喝水，看你起来不起来。"

有许多年青聪明而活泼的难友们，他们把握着"光棍不吃眼前亏"的原则，对他们使上了"政治"，"高帽子"，"灌米汤"，"拉交情"，应有尽有的手段。有的还拜看守作"师父"，有的被称作"大帅"。

所谓"案件"，大致审理告一段落之后，他们每个星期可以给我们买两次东西，东西的种类，自然是有限制的，大概每次可以买些烧饼、油条、咸菜、香肠之类，这些东西买到了，看守老爷们照着他们的需要，先狠狠地抽上一次税。

据我的经验，各处监狱里面的看守们，无论由于他们怎么样的残暴，因而引起和苦难朋友们所发生的冲突，他们的主子们，从来没有一次派他们一个不是，而向难友们说一句稍微有点天良的解释。这就是法西斯头子统治天下的大道理吧。

挨板子，压杠子，这是最通常的见面礼。那些"问话"的特务小子们火气非常大，他们总是先让你坐着，一句话问得不投机，伸手就打。过后，又使你坐下，甚至递一支香烟给你。第二句话问的答覆不满意，又照样地如法炮制。可是第二次的刑罚，就更重了。那老虎凳，指头上夹筷子，指头上插竹签，"坐飞机"，就一样一样地搬出来。他们审案照例是在深夜，因为夜里的恐怖性对犯人特别大。我夜间一听见回来的人由鼻中所哼出的声音，就大概能判断他是受的那一种刑罚。

在北平牢里第二个月，一般情形就比第一个月松懈了点。戒备也不是那么森严了，每天早晨我们可以轮流地被放出去洗个冷水脸。在洗脸的时候，我们可以从门上铁盖的斜缝中看一看一个屋子、一个屋子出来的人，这时候我看到了梁蔼然。近视眼，瞎子一般地摸着走，兜腮胡子长得象一个老头儿了。谢士炎的嘴上两撇胡子也有五、六分长，丁行嘴上是从来没有胡须的，不过他那姣如处女的细白面皮，变得多么苍黄。高履芳穿着一件棉军衣，背显得更驼了，其余的人，我都不认识。

牢里附设着一个诊疗室，有病的人可以由班长带着到那里看看病，有许多本来没有什么病的人因为想出去走走，就装着病去找医生。一位姓钱的难友，他告诉医生他的肋骨很痛，向医生要了些敷胸的白粉子，他把这粉子拿回来，用水团成一条一条的粉条，却不用在胸上。等它干了，拿来当粉笔在墙上写字画画，并且写出许多标语，标语的内容可想而知了。听说梁蔼然弄进一锭墨，他在墙上画起整幅的山水。我也用那些粉条，写出一些诗句。

我的屋子又加了几个人。从这时起，生活就比较地变化了一些，日子也比较地容易熬过去。我进来时穿的衣服，也还给我了，我的小女儿不知托了什么人，给我送来被子和一些换洗的衣服，到现在我才能够开始向那爬满我一身的虱子清算。

在我的女儿给我送进来的衣服中，还夹带一面镜子，这镜子是一位女友在出国时和许多东西一块托我存放的，却没料到这时候拿进来了！我看到我的头发白了，胡须长了，眼睛深陷了，脸苍老了！我不忍再看我自己，我也不忍再看这镜子。

已经是初冬了，西北风把树叶吹尽，把水吹成了冰，屋子象一座冰窟。手伸出来立刻就会冻僵，只好整日将身体缩在被子里。爬出来大小便，等于受一次刑法。一碰到早晨的太阳，从东边的窗子晒进来的时光，我们就坐起来，让太阳照在脸上，心上。我用这样的诗句歌颂着它：

你真是一个好朋友，

每天，

天一光，

你就：

跨过海洋，

跨过山岗，

跨过高墙，

跨过两道铁丝网，

向我探望，

我的心，

便立刻感到温暖！

虽然，那一只

黑色的魔掌，

有时把你我隔断，

但我相信，

这样的时刻，

不会久长，

明天，明天你会

更兴奋，

解放军的更光亮，

给我带来，

更多的希望。

我们为了要忘记许多痛苦，要混过这些日子，晚间就轮流着讲故事，但是避免谈个人的经历，因为谁同谁都没有很深的认识，谁能保住特务们不向同屋的人打听同屋的事，谁又敢保证这其间没有出卖朋友的哩！

　　会唱的人，这些日子也可以唱了，解放区的歌曲特别唱的多。那些只知道作威作福的看守小子们，他们如果知道这些曲子的内容，也许会禁止唱，甚至加以惩戒的。有一天忽然听见很远的地方，一个监房的门，开了又关了，不多时就听到一个人在里面唱着英文歌，我非常感动而且佩服这位难友的英勇。他能在一进监牢就打开嗓门高歌，这是一件不大容易的事。没有坐过监的人不会理解到这种心胸的伟大。这个唱歌的人后来同我一直关在军法局和特刑庭，他从东北解来，也是北平案子所牵上的，名叫陈斌。

　　有一天夜晚，忽然从监房的另一头传来了连续不断的"救命……救命……救命……救……命……命……"的声音，由缓而急，由高而低，我的心弦差不多给他喊断了。声音凄厉而惨烈，是四川的口音，从发音上判断，是个二十几岁的青年。后来打听到这个监牢的一半，靠西头的一段，划归"行辕"的"青训大队"做宿舍，里面有五、六百人，都是先关在这里，后来送到那里受训的。这"青训大队"在北平一共有两个，另一个属于"绥署"，有一千五百人，他们受着特务们的训练，生活上是比我们稍微自由一点。但同我们一样的睡在监房里。这个惨叫的青年，就是被环境刺激疯了的许多人里面的一个。他继续嚎叫有两天之久，他的嗓子，也许会喊破了，喊出血来了。我听见他的伙伴们问他："你的裤子呢？你的褂子呢？你为什么把棉衣服扯得粉碎？"这可以猜想到他一定是裸着体在那里吼叫。在第二天夜里，他正在喊着的时候，一个带着命令口吻的人大骂了他一顿，他还是不住地嚷，那个人好象用什么东西刺了他一下，他哎哟一声，以后这种惨叫就再听不见了。

东面的窗子外边，是一个大空场，紧靠着窗子，立着一行枫树，多少棵，我数不清。枫叶在阳光里红得发紫，真所谓"霜叶红于二月花"。北风狂吼的时候，枫叶一片一片地被吹落，枝条被吹得来回摇曳，但这些英雄一般的枫树，依然地坚立在那里，这是多么伟大的一种气概啊！

阴森森的铁窗外，

挺立着无数英雄，

一片一片的丹心，

被太阳照得更红。

狂暴的北风，

想把它们连根拔除，

可是，它们的脚跟，

站得那么稳重，

要在艰苦中，

撑过这一冬。

四、宁海路十九号

隆重的起解

十一月二十九日的夜间，我仍和平常一样地失眠，忽然听见杂乱的脚步声，自一道一道的铁门走进来。他们急促地交谈着，不象是平时提人的动作，接着就有一间房子的房门被打开了，搬铁链子的声音，和其他一种什么铁器"哗啦叮当"的响声，使我起了异样的感觉。我唤醒了石嶟（这几天好多因嫌疑被捕的难友，都取保释放了，这间房子只剩下我们两个），对他说："今天夜里，一定有什么大变故，你听他们正在搬动着更多的铁链子。"同时远远的一个牢房门也被打开了，有人在点着难友的名字，而且吩咐他们穿起衣服来。停了一会儿，就听见铁锤子砸钉子的声音，这分明是在钉脚镣，我们的心都悬了起来。附近牢门都传来了叽叽咕咕惊慌的说话声。接着又是打开监门的声音，又是一个一个的砸脚镣声，被砸的人有时还喊着："太紧了，震麻了我的腿，请放松一点砸吧！"

这时，我给石崞说："象这样挨门叫，我们决定有份的，也一定有资格戴脚镣的，赶紧作准备吧！因为听见有经验的人说过，脚镣常常会把踝子骨外的皮肤弄破。我们应当多穿一双袜子。"我用了一双毛袜裹在两条脚胫上。后来开门的终于开到我们的屋子来，我和石崞也被喊出去。他们叫我平坐在地上，伸直两只脚，很客气给我找了一副链子较长的镣，先把铁圈圈套在脚颈，然后安上铁钉，在一块铁砧上，叮咚地捶着，把铁钉的两端砸出两个帽子来，最后用手去拉一拉，看看是否结实。钉完了，若是他们不将我架起，我就没法使自己站起来了。我戴着这有生以来第一次的脚饰，慢慢地走向牢房。这铁链磨擦在水门汀上的声音，好象是诗韵上的节拍，感到奇妙地快慰！多么光荣的一件事啊！这是政治犯的铁十字章！只是钉了以后，第二步他们玩什么把戏，大家都捉摸不定。难友们在各屋里纷纷议论着，整个监牢乱成一片。

那长着獠牙的看守长，对着许多屋子的难友们，好象传递一个报告似地说："请你们安心！这是要把你们解到地方法院，从新审讯。"紧接着是许多人的问话："是上天桥枪毙吧？"因为这时候，大家不约而同地都具有这种敏感。这小子连声地说："我以人格担保，决不是！"石崞问我："他的话可靠吗？"我说："决无此理，象我们这种案子，特务们怎肯松开手，移到法院去办理。"他带着气忿说："是不是拉到天桥去枪毙？"我说："也不象，因为集体的枪毙，是暴露特务们的罪恶，他们不敢干；他们的杀人，都是偷偷地干的。况且枪毙也用不着先钉上脚镣，从没听见过有给死人戴脚镣的。""那么你以为究竟是什么花样呢？"他这样追问着，我想了一想："大概是解到另外一个地方去。也许是南京。"我们没法再睡下去。

这时候，说话的声浪愈来愈大，象夜深的大海上，涌起波涛。有许多难友把那门上的小铁盖捣开，把嘴贴在长方形的小孔边，向着对面或隔壁房中的人喊着说："我们在枪毙前得喊口号啊！老×你领头喊，好不好？"另外一些人在谈论着他们连遗嘱都没法写；还有叹气地说着："死了完了，只是老婆孩子也得饿死。"整个监牢成了无政府状态，也没有什么人来干涉我们。

大约在天明前三钟点，伙夫抬进来两大桶稀饭，很客气地对每一个屋子里的人说："稀饭随便吃，吃多少，有多少。"多么善良的心肠啊！稀饭是上好的白米煮的，并且煮得特别稠，这时又不断地传来许多喧嚷，"同志们！吃饱了，免得去做饿死鬼！"

鸡叫了，夜更冷。我那位许久不见的高足，夹着一个皮包，走进我的屋子里，对我说："今天是到南京去，要受训，我也陪着去，请安心，没有什么。"不一会儿功夫，我们被命令把铺盖集中在甬道上。同时，拥进来一大堆身材不同，服装各异形形色色的特务，他们都拿着电筒和手枪。有一个家伙手中拿着一本名册，劈头就念起我们的名字。我是第一名，朱建国第二，我们二人站在一排。一个穿着黄色军服的军人模样的家伙走过来，掏出一付雪亮的手铐。这样的手铐子，真家伙，美国造，我除了在电影上看见过，这还是第一遭看到。我的左手，朱的右手，紧紧地被锁在一起，那家伙还说："我们是奉命办理，请委曲一下。"当我们走出屋子，天还没有亮，一天的寒星瞪着大眼睛，注视着大地，注视着我们这些手足加铐的人们。

院子里停了两辆大汽车，（是向长途汽车行征用的）还有七、八辆小轿车，许多人从办公室里跑进跑出，做出很紧张很严重的样子。

我们被架上汽车，这是因为手脚受了约束，不能走。在车上他们又重复点了一次名。解我们的人，是一个管二个，管我和朱建国的就是那个方才给我们戴上手铐子的家伙。

乱了一阵子，我们的车开动了，一直向西走，经过了"绥署"大门，经过了我的门口，想不到我能又一次走过这里。出了西直门，仍向西行，我更猜着了我们都是向着西郊飞机场前进。街上冷清得没有一个行人，狗也没有叫一声。我的朋友们，我的小女儿，正在睡梦中，我们和他们就这样离开了。

车在机场上停下来，另外一个车上跳下二十几个宪兵，一色地戴着钢盔，拿着美式卡宾枪，在我们的四周"保卫"起来。天已经大亮了，我才看见了谢士炎、丁行和梁蔼然，我们有许多话要说，不知道从哪里说起，舌头象是不大灵活了，刚说了"你还好吧"几句开场白，一个特务带着命令的声调说："这里不许说话。"我们默默地对坐着，彼此用眼睛互相凝视。

北风呼呼地刮着，象刀子一般割裂着每一个人的脸和手，我的两只脚冻得麻木了，寒气透达骨髓，陈斌穿着一件夹大衣，冷得遍体发抖，牙齿咬得吱吱地响，两肩缩作一团。

因为装了一肚皮稀饭，这时大家的一个共同问题来了。许多人向押解的人要求下车小便，有的喊起来说："憋不住了。"等特务的头目"批准"之后，一对一对地挤下车去，尿是解决了，身体冻得更僵硬起来。

在车上等候了足足有两个钟头，预定的一架"专机"，临时马达发生故障，又改换了另一架，检查和发动马达，直弄到午前十一点钟，我们才成此"荣行"。

我们一共被解走的，是二十三个人，除了四位女难友和我们之外，还有李政宣九岁的儿子，承他们的仁爱，孩子没戴上刑具。李政宣，这投降的家伙，只戴上了一副手铐，所有近视眼的眼镜，都被"保管"了，只有他的鼻梁上还架着一副玳瑁边的"加立克"，大概是酬奖有功，特予优待吧！

上这座"专机"时，两旁围满了机场上的职工。还有保密局负责的重要特务，其中最大的一个，我认识他，是特务们北平分局的负责人马汉三，这家伙在抓我的时候，卖了不少力气，现在又来给我送行！他却没有料到，在半年之后，他因为贪污和别的罪过被解到南京，在我们五个难友被枪杀的地方，先被处决了。

押解我们的人，一共是十五个，领队的特务叫双楫，矮矮胖胖的，长着一脸横肉，两只眼睛射出了豹子吃人时的光芒。在我们坐位安排定了之后，他站起来对他的喽罗们说："同学们！你们预备好了没有？"那批小子异口同声地答道："预备好了。"他象下命令似地又说："各位同学，你们各守岗位，不准移动，不准说话，不准打盹！"然后他和那个姓谷的分坐两头，喽罗们仍然照着名单上的秩序；一个看两个，夹在我们一对一对的中间坐着，好严重的场面，我们这样被专机带到了"天堂"。

那姓双的小子，他一直地用眼睛扫射着我们，飞过沧州的时候，驾驶员送给他一个纸条，要大家不要移动，他把这条子交给喽罗们传观，一个一个立刻正襟危坐起来，我侧目看到这条上的字，这是解放区的上空，这批强盗们胆战心惊了！

在高空差不多飞了五个钟头。我在机上不断祷祝，盼着这架飞机最好是在飞临解放区的上空时，发生故障，被强迫降落，如果做不到的话，就愿意机件发生故障，撞在泰山顶上，或者油箱爆炸燃烧起来，我们就可以来个高空礼葬，也省得朋友们为我营葬地。可惜这种美丽的想象都没有实现，我们终于"安全地"降落在明故宫机场上。

北平的监狱生活，总算是告了一个结束。南京是这杀人不眨眼的魔王的魔窟。蒋介石的王座在这里，特务的首脑部也在这里，这里将有什么"花头"，我们还没有接触到，但是，可以想象到的是，这里的做法一定和别处不同！在这里我们将受到一个新的考验，这是蒋介石和他的特务头子们，亲手监制的。

人间阿鼻地狱

江南的气候是多么温暖，风吹在脸上，是多么的柔和；我们冻僵了的肢体，顿时恢复过来。机场上停了两辆交通部警察总队的卡车，车身离地很高，我们被挡着两条腿很费力地才爬了上去。车子向西驶，驶过中正路，新街口，这里是我从小生长的地方，这些街道对我太熟习了，我察觉到每一个走在街上的人，都充满南京式的表情和姿态——温和而机警。那些妇女们，仍然穿带着和北方不同的衣饰与色彩，车走过我读书的神学院门前，车走过我家门的后山旁，童年回忆，使我深深地叹了一口气。我的白发老母，还住在那破旧的瓦屋里，终日老泪纵横，但梦想不到，我此刻正走过她的身旁。

车子把我们带到对着巷子的一扇包着铁皮的大门前停下了。铁门上挖了一个小方孔。一个警卫探出头来望一望，随即把铁门打开，我们这群受了伤的猛兽，（当然这不包括李政宣在内，他只是条流着浓疮的癫狗。）被赶进院子里。甬道旁摆着两排凳子，一个操安徽口音，面孔狰狞的家伙，挺着胸脯子，从姓双的小子手里接过那本名册子，神气活现地点着我们的名字。点完后，姓双的小子就吩咐喽罗们"把铐子打开。"手铐打开了，他们三步当作两步地走开了，我们好象一批宝贵珍品，被送到了另一个仓库，从新地分发封存起来。当那个高个儿的黑麻子脸拿着铁锤，钻子，铁钳，把我们的脚镣斩开时，锁铐了一天的手脚得到了暂时的放松，肉体感到了一点微微地舒畅。后来知道那点名的家伙就是这里的所长，黑麻子是看守长。

这里是一座小楼，完全是普通住家的房子，只有围墙上牵了电网，墙边竖着几个小岗楼。西北角浮搭着两间矮矮的厨房和下房。楼里面的每一间房（除了一间办公室），都作了牢房，窗上安上了铁条，铁条外挂了一张竹帘子，大概是防备里边的人向外面窥视，后来才知道这是顶顶大名的"宁海路十九号"，陈公博、陈璧君那一群汉奸，都曾在这里住过。这一条宁海路的巷子里，有着不少的秘密房子，四号、五号、十号以及二十号，特务们在这些地方曾用不同的设备，关过不同的人。去年年底阎老西（阎锡山）飞京，就被招待到四号，不过没有给他钉铁条，挂竹帘，也没有牵电网围墙而已。

走进这个地方——宁海路十九号，也有一番检查，情形却和北平不同。"所长"、"副所长"自以为了不起似地瞪着黑夜里猫头鹰般的眼睛，注视着一个粗壮的小特务，打开我们的铺盖，用他那熟练的动作，一寸寸地摸索我们的枕头，衣服的领子，四围的镶边……，检查完以后，就随手向布满口痰鼻涕的地上一扔。然后就检查身上，外边的衣服脱完后，便向仅剩的衬褂内裤摸索一遍。还有什么可摸索的呢？除了每个人的干瘦的皮包着骨头，而骨头，不用摸，那照例是顶硬的。这一番检查又有许多东西被扣下来。

这座监牢是一楼一底。规定十二个人住一方丈大的一块地方。后来被惨杀的五位烈士，除了空军参谋赵良璋，其余四位都和我住在一起，我们互相握手以后，大家都感到了无限温暖，不管今后的命运如何，至少在牢里我们有这么多的人生活在一起，不会感到孤独寂寞，何况在我们外边，正有半个中国那么多的人民，安慰着我们呢！

楼上一共有六个房间，我们住的是新六号，每一间的房门上，也挖了一个五寸见方的洞，上面按上一个小门，每一个小门上贴一个纸条，写着"此门不许推开，也不许在旁人的门前窥视，有违重办！"这里的规模毕竟不同别处！"洋楼监狱"，"君子协定"，在蒋介石的身旁，倒是和李宗仁那儿不大一样。

这里关着三种人，一种是我们——被特务们喊作"奸匪"的；一种是大汉奸，在我们的监房对面，就住着一个敌伪时代的伪陆军部长鲍文樾。他原判死刑，后来蒋下了一个手令："暂不执行！"这汉奸很受优待，在他的单身房内，有弹簧床，沙发椅，写字台。这是他被放出去撒尿时，被我们看到的。此外这汉奸的门口，时常堆着些鸡骨头香焦皮之类。为什么把这家伙放在这里，而不送进陆军监狱？是不杀？还是留用？这是蒋介石他自己才明白的事。最后一种就是所谓"修养人"。这古怪名词很容易使人误会，乍听起来，总以为是什么修心养性的境界。可是跟"监狱"这名词很不调和。后来才知道，特务们自己犯了什么错误，也关在这里"修养，修养"，然后再放出去作恶杀人。

晚饭吃得很迟。今天吃晚饭，有了一张桌子，两个月来这还是头一次。饭比北平煮的好，菜有：一碗萝卜，一碗青菜，一碗汤，也比北平的好得多。饿了一天的我们，每个人的食粮需要都增加了，至少我就吃了四碗，至于那些年轻的小伙子们吃得比我更多。

在我们集体地从一间厕所回来之后，就到指定睡觉的当口了，那个豹头环眼的所长，穿着一件毛线上衣，拖着一双拖鞋，恶狠狠地站在我们回屋子的过道中，检阅似地看我们一个一个地走进去。我们一整天，谁也没有吃过一滴水，又喝了刚才那几口咸菜汤，越发地渴了。喉咙象烧着火，干燥，起炎。我不揣冒昧地走到这家伙的身旁对他说："我们自从昨天夜晚十二点钟被叫起来准备出发以后，直到现在还没有喝过水，你能不能够给我们一点开水，就是每人一小杯都好。"他头一动也不动的带着"征服者"的姿态，慢慢张开那张喝人血的嘴，说了个"可以！"那位粗壮看守立刻把我拉开来说："你不能站在这里！"我便带着羞辱走回屋里。过了一会儿，半铁壶热水提进来了，我们找出自己的漱口盅，很公道的把它平均分配了一下。

我很疲劳，但朋友们发出酣甜的鼾声时，我那失眠的老毛病，始终纠缠着我。我想了好多问题，蒋介石把我们解到这里，目的是什么？他打算怎样处理我们？"受训"那是一句鬼话，因为象我们这样的人，他们很清楚是"训无可训"的。当我在北平的时候，我那一位特务"高足"曾向我说过要给我准备一个房子，让我住在里面，可以看看书，写写字，散散步。怎么忽然改变了计划，把我解到这里来呢？贴上这么一笔路费，难道是为着要在他们的首都把我弄死，比在北平更具有作用吗？

屋子里不许高声说话。中国人说话的习惯向来是大声的，我们好多人因为说话忘了抑制，时常被特务大大训斥一番，我也碰过一次钉子，当然唱歌更是绝对禁止的。于是大家相对静默的时间，多过于说话的时间。

每天早晨五点半钟便得起床，那个看我们的家伙把门打开，把手一挥："起来！"我们便应声急急忙忙地起来了，谢士炎喜欢慢慢地坐起来，慢慢地穿衣，带着那满不在乎的神气，就被那家伙痛骂了一顿："你这架子少在这里摆！"我和谢开玩笑地说："少将的金领章，在这里的天秤上是没有丝毫分量的。"以后我们每一天的每种动作，都是在他们的一挥之下，两个字的"命令"之下，照"章"行事。

　　北平的看守，我们好多朋友还可以同他们聊聊天，拉拉交情，这里可不行。他们的面孔，总是板得象死人，眼睛也象要吃人似地凶恶地瞪着我们每一个。我问同屋的朋友："为什么他们会丧失人性到这般地步？"朋友们告诉我："这是阶级的仇恨！"有一天那个黑麻子，走进我们的屋子悠然地说："你们知道吗？你们的案子是国民党的大胜利。不然的话，半个中国都没有了。"别见鬼吧！"半个中国与你有甚么关系？你不过是这半个中国的'干儿子'们的不足道的'狗'而已。而我们所要的不是'半个中国'而是整个儿中国。并且事实上我们已经有了它，所剩的只是形式和时间的问题了。"

　　这里一件最叫人头疼的事就是大小便，楼上住了三、四十人，毛房只有一间，里面尿池、马桶、洗脸盆各一个，难友们的大小便和洗脸漱口，都得起床以后吃早饭以前办完。我是每天早上必须大便的，好多人都有这样的习惯。有几位便泌的一坐在桶上非十分钟以上不可。但是一个屋子里的人，所能允许的洗脸拉尿的全部时间，只有十分钟。时间一到，看守便进来，不管你结束没结束，带推带搡地统统从这里赶回去。每天规定有六次小便时间，每次仓促地放出去，照样仓促地搡回来，夜里就不再开门。

　　我们最初的一个星期中，一连串地出了好多乱子。那位以后牺牲了的朋友朱建国，素来有尿炕的毛病，尿一急就非尿不可，不然就会尿在裤子里。在我们到这里的第二天的夜里，他把尿湿的裤子掷在床底下，床紧靠着一扇紧闭着不用的门，通着楼梯口，那裤子上的尿就由门缝中浸到外面。这件事谁也不知道。在我们早上洗脸回来的时候，那个所长杀气腾腾地放直了嗓子就问："靠门那一张床是谁睡的？"（其实他早知道是谁）这位朱先生的脸立刻吓得灰白，他说那是他的。那家伙更扬起了他尖厉的声音："你这暴徒，你竟敢在我们办公室上撒尿。你好大胆子！竟敢用这一着来污辱我们，你瞎了眼！你知道这是什么地方？来人！给他砸上脚镣！"说完了转身就走，一付准备好了的脚镣就套在朱的脚颈上。我们同屋的人重新又感到了恐怖、侮辱。大家默默无言地象木鸡一般地呆着，好象是处罚着每一个人，那脚镣象是锁起了每一个人的心。我们好久好久没想到应当说几句话，安慰这可怜的朋友一番。

　　紧接着在另一天的晚上，约莫两点钟的时候，我看见睡在我对面上层床上的孟先生，他是北平电台上第二个负责人，不停地哼着，身子在打滚，后来他按着肚子，走到田仲严的床边"唉哟！唉哟！"地叫起来。田先生问他："怎么啦！"他的眼泪流出来了，他说："我的肚子痛，我要泻肚，但是找不到地方拉！我蹩死了！我蹩死了！"田就给他出了一个主意，叫他把一刀草纸铺在地板上，把屎拉在上面，然后包起来。我知道这个办法行不通，南方的草纸一见水便溶解了，结果是包不住，反会漫一地板，明天的后果更可想而知。我对他说："你还是干脆屙在一个脸盆里吧！"他哭着说："我没有脸盆，弄脏了别人的脸盆，太对不起人了！"我安慰他道："这是非常的情形，我们会原谅你的。"因为当时我们所有的脸盆只有三个，他又忍了许久，经我多次地催促，这才拉了。这时候满屋子又添了一种新的气味。

我们中间还有不少人夜间必须撒尿，老董就是其中之一。但谁也不敢采取朱的榜样。每夜有好几起，在他们尿的紧急警报中，用颤颤的手，皱着眉头，把自己的漱口缸拿下来使用，第二天早晨把它洗一洗，再用来漱口喝水。

一天早晨，有两个人抱着自己的铺盖被送进来了，一个是甘肃天水人，矮矮胖胖的象一个冬瓜，肥胖的脸上，镶上两个圆圆的眼睛。他永远在脸上浮着一种带笑不笑的神气。听说这家伙是特务派到延安去工作，后来被发觉了，关了一年之久，把他放回来了，什么消息，他都没有弄到。特务们怀疑他已经转变，来当反间谍，因此也把他关起来，过了六个月又把他打发去，他到了延安照样地被关起来，住了两年，重新又回来。特务们一直把他关着，在我们来到南京的前三个月，他就从兰州被解来了。后来我和他说：“我真佩服你，你坐牢真有涵养，你这样地不着急，有什么秘诀呢？”他慢慢吞吞地告诉我：“什么也没有，就是从日出坐到日落，从黑夜坐到天明。”另外一个家伙，是山西太原人，四十来岁的年纪，个子比我还高，是一个细长条，他在阎锡山的什么西安兵站办事处里面当职员，也是一个特务。不知道为了什么一个不忠实的案件被抓了，在西安关上了半年，也解到此地。他的案情我们始终没有打听到。只听他不断地长吁短叹，说他的妻子和四个孩子，不知道怎样地生活着。因为被捕的时候，家中面缸里没有半袋面，他老婆的口袋里没有一块法币。我们见这两个人一搬进来，大家不约而同地都警戒起来，并且大家很肯定地料到这是来作侦察工作的。我们以后的日子，就更多了一层顾虑，因为这里的朋友，已经不是清一色的了。

在二月二十日的早晨，刚刚吃完了稀粥，那个黑麻子又来了；打开了门，喊着董剑平和田仲严的名字说："把铺盖捆好，要把你们送走。"我们其余的人好象感到平地里打了一个暴雷，都感到情形将有巨变，这不过是个前奏。他们两个人感到的情形更严重，面孔立刻严肃起来，一面捆铺盖，一面和我们说话。"我们的命反正早已交给了他们，早晚都是一样，他们不过是先我们而被提出去罢了。"我这样的想。这时候大家议论纷纷，有的说他们是去"受训"的，有的说他们是转移看押的地方的。但他们自己，却向那种更严重的地方想。因为他们两位和楼底下的另一位女难友董肇筠是北平中共地下干部，三个据点的负责人。除了我之外，其余的人都和他们有直接联系，董剑平用右手的食指象搂着扳机一样的打着手式："会不会这个？"我用安慰的语调告诉他："这不是干那活计的时间，可能是转移地方。"大家在凄凉严肃的气氛中握手告别了。

他们去了以后的当天下午，又有一个身体魁伟，带着流氓气息叫做朱建功的搬了进来，这小子很会说话，口若悬河，坐牢的经验极丰富，尤其对这里的情形更熟悉，他已经掉过了好几个屋子，他认识许多苦难的朋友，也知道他们的生活经验，他特别钦佩的一位赵先生（是不是姓赵，他的名字叫什么？现在我的记忆都模糊了）。他告诉我们，这位先生是中共派到郝鹏举军队里的政治部主任，后来郝叛变，他被郝当礼物献到"中央"。据说，他是由国内最早送到莫斯科读书的学生之一，他和贺衷寒等都是同学。关在这里的时候，很多要人都来看过他，给他带来烟卷和零花钱，屡次劝他为他们工作，他说："我的历史和地位已经决定了我今后的命运。"他每天的生活很有秩序，他运动，手不释卷。在劳动上，他把摊派在别人身上的工作（象扫地，倒痰桶等）都做了。他劝他们多运动，免得将来出去作事的时候，本钱没有了。他教这家伙读唐诗，并且为他详细地讲解诗句的意义和作诗的方法，后来这位老先生也被移解走了。我听了这一番话，深深地被感动。

这里是不许抽香烟的，如果有一个看守给"犯人"买烟卷，或通一封信，捉到了是七年以上的徒刑。但这家伙吹牛说，他有办法弄到烟，如果我们要抽的话，他就能弄到手。谢士炎烟瘾颇大，很有跃跃欲试的气概。后来在一阵耳语上，我警告他："千万干不得，究竟这家伙欲使的那一手，谁也摸不稳，犯不着冒这个险。"

过了两、三天，在一个晚上，又有一个年轻的小孩子被送进来，他说他十八岁，在上海海空军电台上工作，因为和交警总队上海电台上的人共同私拍商电图利被捕了，他长着不大的个儿，细白的面庞，有着一双黑溜溜的眼睛，小小的嘴里生着一口好白牙，头发留得很长，直向后梳。那姓朱的家伙，一见就和他拉交情。我们屋子里面六张双人床，已睡满了十二个人，他只好睡在地下。姓朱的建议道："我陪你睡在地板上，因为你只有一床被，我也只有一床被，我们可以合拢来一垫一盖。"这年轻人以为他是好意，当然接受了。到第二天早晨，朱出去撒尿的时候，这年轻的小伙子对我们说："他坏极了，昨天夜里他摸了我一夜……"后来才知道这位姓朱的是位特务，被派到福建一个中学去教体育，犯了同样的案子，因为被控告，保密局才把他关在这里。

楼下的办公室在晚间就是法堂，用刑的时候那些看守我们的家伙们都是执刑人，所以把他们的面孔，都锻炼成那样凶狠。听说这里的屋子分好几种，除了一般象我们住的屋子以外，还有一间黑屋子，里面没有光线，只有一个小小的洞通空气。这里是又闷又脏，铁打的好汉住在这里面一个月，不死也要脱层皮。等到他们被放出来，甚至视觉也毁坏了。听说地下还有一个水牢，有半尺深的水，把人往里面一扔，让他立体进去，平面出来。

这里面最恐怖的一件事，就是夜间"掉号子"（即枪毙），如果那夜叉般的看守们半夜打开你的房门，对你说收拾你的铺盖，搬到另一个房子去，从此这个人就再也不会活着了！

可耻的欺骗

历史上象蒋介石的这样贪污卖国的奴才"政府"，任凭有意替他做辩护的人，怎样强调说，"政府大大小小的贪污成风把他毁了"，也是无用的；因为真正贪污的头子就是蒋介石本人。他的家私有多大，我们无从得知。但宋美龄最后这两次在美国所购的豪华的房屋，如果说这笔款与他无干，这件事情他本人不晓得，那真是把死人说活了，也没有人敢相信。这笔款不过是他财产中的沧海一粟。至于他那裙带关系的财产，"豪门财阀"，财从那里发的，阀从那儿成的，难道他一点都不知道吗？他手下的直系和旁系大将们，犯的那些贪污案子，是谁在纵容他们的？这都是尽人皆知的事。到底谁是"匪"？谁是"奸匪"？蒋介石的一帮才真正是匪！对人民的财富说，他们是盗匪！对人民的国家说，他们是"奸匪"！他们是真正的刑事犯！下流无耻的贼盗！

举一个最小的例子，说说他这匪帮的盗窃体系和方式之一滴吧。当我们在北平最后的两个星期，平时一个星期买两次东西的照例文章停止了。到临走的那一天，看守们笑嘻嘻地来说："你们要买东西，赶快开个条儿，这次买东西可以没有限制。"大家对这个意外的收获，高兴得了不得，帐上有存款的人都很慷慨地大开特开，却没有想到那天晚上便要起解，他们把买的东西，三下五除二地送了一些来，其余没有买的东西，却都照单算价。最倒霉的是朱建国，把自己的金戒子托他们卖了，弄到八十万法币，给石崒送了三十万，其余全部财产五十万元所买来的东西，只是几块烧饼、几根油条和一包花生米。

我们在北平入狱的时候，每一个人被检查扣下的东西，贵重的是手表，自来水笔，金戒指，我还有一付镶翠的金袖扣。等到到了南京，三天以后还给我们的并不是原物了，（其实不是还给我们，只是要我们认认自己的东西对不对，签上一个字，仍然交"柜"保管。）可是当东西一打开的时候，大家都瞪了眼，石崒的新式游水表变成了一个破旧不值钱的小表，他那五十一号的派克钢笔和铅笔，变成一只半截的铅笔，和一只本国造的黑杆自来水笔。老孟的金戒指，也变瘦了细了小了，大家对于这些调包的东西都不肯签字。我带笑地劝他们说："算了吧！命都是他们的，争这些干什么。"解我们来的那姓双的特务小子，长得那样肥贼似的蠢胖，还不是我们的血汗油水养起来的？"贼护贼"，这件事闹起来决没有结果。特务们又怎肯把脸丢在"奸匪"的面前？自然许多朋友是不会接受我的忠告的。可是，我们大家却因此遭来了更大的苦难。

果然表、笔、金戒指，不但没有找回来，好几个朋友还被喊下去，大大地盘问了一番。这里听见有人喊名字，不管什么事，就先大吃一惊，因为一被叫喊去，总是凶多吉少。他们跑回来说，有一个从保密局派来的"法官"追查这件事，有的人就在高兴，以为快有一个水落石出，原赃交回的希望。并且还有人解释说："特务们自己的纪律，相当严明。"我对这些是不相信的。过了两天，我们要求买东西的时候，（每天喝的开水，要自己出钱买），那个管账的来告诉我们："你们的钱和一切东西，都被保密局收回，我们不能垫款，东西没法给你们买。"从此大家原有的东西，不但没有追回，连每一个人账上仅存的几文钱也没收一空，我们以后的日子就更惨了。

特务们这种行动，又给了我们一次教育，使我们更认清了他们是世界上最残暴的野兽，他们是全人类正义之敌。他们除了欺骗，还是欺骗，谁要相信他们嘴里有一点真实，谁就是百分之百的傻瓜。我们在这里的人，差不多同有这个认识了，并且时刻警惕着要坚定自己，不要中了敌人的诡计。

报纸杂志帮助蒋介石进行欺骗，说他是个虔敬的基督徒，每天必定要读圣经，礼拜天还去做礼拜，还有一些无耻的教会牧师们大捧特捧，尤其是他御用的几个外国教士，替他在美国吹，说甚么他因为做祷告，曾经渡过了许多大的难关。这个流氓骗子的骗子网，真是滴水不漏，他们不但企图骗中国人民，还企图骗外国人民，现在还要骗他们的上帝了。许多人骂他："坏事他做尽了，好话他也说尽了。"这个流氓骗子卖国贼！

我们每一个人都被"问话"一次，"问话"的那个特务，是一个姓赵的，河北人，三十来岁，中等身材，长脸上浮着一层永远不能扫开的忧郁。他说话的声音很慢，很低，好象每一句话里，都藏着一个诡计。他似乎很满意，能够被人家看出来，自己是个阴谋家的样子。当我被叫进去的时候，他和北平那个姓毛的同样对我表示着礼貌，他只问我一句话："你在北平的口供，没有什么变动的地方吗？"我干脆地告诉他："半个字也没有！"他说："你知道冯先生近来的情形吗？"我说："你们不许我看报，他的情形，我知道否，你们当然很清楚。"我紧接着问他："近来冯先生有什么消息吗？"他慢吞吞地一个字一个字地象吐着瓜子壳似地说："他为你的事，在美国发表谈话，攻击政府很厉害，可惜得很……"显然这"可惜"两个字，是对我。我又问他："我的事冯先生知道吗？他说些什么呢？"他想了一想答道："不但知道，而且知道的很快，知道得很详细，他攻击政府对你非法逮捕，很骂了一些。"我不方便再表示任何意见，谈话就这样告了结束。最后他对我说："余先生！你生活上有什么问题，请你随时告诉我，我一定帮忙解决。"就是这个人，他没收了我的东西——翡翠金袖扣，另外三百万元，使我连盐也吃不上。

一天上午，那个黑麻子给我们送进来十张印好了字的什么东西，交给我们的时候，说："你们每人填一份，亲笔写上自己的名字。"我们一看，原来是一份悔过书，大意是："我受共产党诱惑，误入歧途，背叛政府，为奸工作，现已觉悟，愿悔过自新，从今信仰三民主义，忠诚地为国家为人民工作。"

在最近的几天"问话"中，那姓赵的小子总是对每一个人安慰地说："你们放心，没有事。你们的案子，要分别处理，有的人将来要受训。"大家都知道这是一个烟幕弹，后面必定藏着一个阴谋。现在这阴谋揭开了，好多人互相讨论对付这个卑鄙手段的办法。有人提议道："这是一种手续，签个名敷衍敷衍，不要把问题看得太死。"有人就问我怎么办？"我决定不签字！"我说。事后听说，有人签字的时候，把那"我受""我接受"上加一个"没"字！

由于这一次的北平事件，从所有的损失和痛苦上使我常常考虑着一个问题，就是被捕自杀的问题。死，并不是可怕的，我以及别人都具有同一的看法。可是不断地在煎熬中过生活，比死还难忍受。如果监牢里能找到自杀的工具，我想百分之九十的人——也许比这个数字更大，都乐于自杀。记得在我出狱前几天被军法局释放的一个东北通讯社社长，他因在沈阳被捕后，熬不过那一段苦难，曾经找到一个洋钉，把它从太阳穴上打进去，有半寸深，他晕死过去，然而没有致命。以后特务们在他每晚睡觉以前，把他两只手在背上反铐起来。

不过，这一种求死的愿望，只是一种个人地解脱，那么能长期熬着，为着光明的将来，岂不是更英勇的行为！

相依为命的日子

团结就是力量。这一句话的意味，我现在体验到了。在这里，我们虽然不能有任何有计划的作为，但是相同的命运，把每一个人的问题，都结合在一起了。我们互相交换意见，讨论着这里可能加在我们身上的鬼把戏。我们研究着对策，我们亲密得象一个人，团结成为一条心，互相鼓励着。大家不再感到孤单寂寞，谁也要给别人打气，只许好，不许坏。我们不时带笑地意味着那最后的命运，也许说不定什么时候，多半是深夜吧！我们会被牵到一个地方，也许是中山陵的附近，一个荒漠无人的山旁，把我们一块儿杀死，一块儿埋葬。他们举我到时候领导呼口号，我们喊什么样的口号，也略略有个商定。我对他们说，如果是枪毙的话，我应当要求有优先权。如果他们是用机枪扫射的话，那真是最理想的一件事。要是掘上一个大坑，把我们活埋的话，那更好了，因为我们可以永久拥抱着，团结在一起。

在这共同生活的日子里，每一个人的个性，很容易地暴露出来；每一个人的才具，也很容易被发现出来。谢士炎很聪明，但是好胜心也很强烈。老董永远是个和稀泥的和事老，他永远是顺水推舟，把大事化小，小事化无。石崿还是那么倔强和沉默。那位小耿年纪最小，性格也一样的倔强，不说话则已，一说象扔出一块大石头，叫你搬不动。（他的爸爸也在陕西被抓了，听说押在我们楼下。父是英雄儿好汉，父子'同科'，我们对他加倍敬佩）老孟仍然是那么坚定，诚厚，不愧为一个从农民中锻炼出来的斗士。丁行比以前活泼了，话也说得多些。老朱年纪很轻，记忆力特别强。老田异趣横生，他讲起他的生活，会叫你如看万花筒一样。他真是"矮子矮，一肚拐"。这些朋友，各有千秋。

每一个人的钱，都被没收了，现在所有的人凑不出一文钱。因此苦难来了，这里吃饭的菜，无论怎样省着吃，第一碗饭就把它扫得光光，第二碗饭只得把剩下的菜汤平均分配。但是第三碗饭呢？有的人需要吃五碗六碗，干吞着白饭，比吃药还困难。有时候老孟的太太，央求看守给我们送一些辣酱和咸疙瘩。我们舍不得一顿把它吃完，所以就先把它切成许多碎丁丁，每顿饭由老谢来分配，每人五粒，这样就可以维持二三天。提到切咸菜的事，就发生了刀子的问题，当然刀子在这里是绝对禁止的。我把在北平特别发明的两用刀子拿出来了。这是一把牙刷，我把那化学制的牙刷柄，在墙上磨成一面口，这样就可以当作菜刀用；不过切的时候很费力，好在牢里的时间不值半文钱。

老孟太太的接济，也不常来。那两位由西北解来的"修养人"，他们把手中剩下的钱，买了一包精盐。我们拿来早晨拌在稀饭里，午、晚两餐就把它撒在干饭上，这样又维持了差不多一个星期。总是"天无绝人之路"，小耿从上铺爬下来的时候，把老谢棋盘上的一个棋子踢掉了，找了好久找不到，于是就用扫把在那黑幢幢的床底下普遍扫了一下。那失落的棋子还没找到，却找出五百元一张的法币两张，大概是从前的难友夹带中没有被搜去的财产，不知道为什么遗落在床下。我们兴奋得好象是发现了金矿，大家的眼睛睁得圆圆大大的。可是，这一份横财怎样处理呢？经过一番慎重的会议，结果决议把它交给门外的那个看守，请他随便办，如果没收呢，那就不必说；不然的话，就请他给我们买一缸辣椒酱，剩下的钱买花生米。因为在这里私携法币，等于暗藏军火。我们把这交涉任务交给了老谢，经过了一番他和那家伙的解释和恳求之后，得到的回答是请示所长后再办。我们等候了许久，结果成功了，一碗红辣椒，一包花生米，送进屋里来。我们先把花生米数了，然后按人数均分。每人得到的是十颗，这一碗辣椒酱又帮忙我们混了一个星期。

其次的一个问题就是开水，我们已经没有一个人买得起开水了。看守向我们表示，所里经费不够，不能烧开水，那末我们怎样过呢？尤其是每天吃了多少咸碱，更需要喝水，所以我就提议说："唯一的办法只有在上毛房的时候，从洗脸盆的水管上取冷水喝。我想'首都'地方自来水应该是化验过的，不会有危险吧？"其实我说这些话，并没有多少把握，我以为因此而得了虎烈拉和其他的肠胃病，那岂不是求之不得吗？可是这种腹案从来没有向大家公开过。我们喝了几天凉水，不知道是那一方的菩萨点化了这里的头子，有一天居然宣布开始供给开水，每天三壶，给我们三张扑克牌，每来一壶的时候就给他一张扑克牌当收据，第二天再发三张。这样的"德政"，我们不能不在此地感谢。

那个被鸡奸未遂的小家伙，给我们带了一副棋子进来，老谢、老朱、老丁和老×他们都会下棋，熬煎的日子又觉得容易混了一些。只是老谢由于好胜心特别强，下棋的时候，只许赢不许输，常常为下棋抬了许多低声的杠（在这里大声说话也是犯禁的）。我不会下棋，有时在棋盘闲着的时候，我玩着那"开乌龟"，"八仙过海"的一些穷极无聊的把戏。

除了我以外，他们都作些室内运动，其中以老田做的最殷勤最地道，他那一套八段锦相当有工夫，据他吹已经是十年如一日了。老董会太极拳。只是这屋子仅有一条在两个床中间二尺宽的交通线，成套的武艺施展不开。其余的人，不规则地做了许多柔软体操。老丁看见我的身体，一天不如一天的萎顿下去，用很诚恳和具有鼓励性的语调对我说："余先生，你应当打起精神来，好好锻炼你的身体，不要让苦难把它弄坏了。"我笑了一笑，自然我很感激这种关怀的友情。当他以后每次催促的时候，我总是勉强比划一两下，不是在运动，是在敷衍他；因为我心中有个决定，反正这条命活不久，一个强壮的身体，不一样地被弄死吗？为什么要炼得好好地给他杀了呢？也许因为身体不好，解决得更快些。

日常生活上，最感痛苦的要算老田。他是个高度近视眼，要戴两千五百度的眼镜，可是他的眼镜早在北平就被搜去了。这次特务们的贪污案中，他的宝贝也在被没收的财产之中。我们坐在一起，距离不过二三尺，他都看不清楚。吃饭的时候，他看不到那里是菜碗，及至找到了，筷子常常挟个空，于是就接二连三的向里面乱插，活象渔翁抓着一个短短的鱼叉，向那平静的湖里叉鱼一般。最可怜的是他在大便的时候，他有着严重的痔疮，他为的要知道粪便中带血没有，要把用过的纸拿起来察验一番，因为近视就不能不把纸紧贴鼻尖，上下移动，不小心的时候，鼻尖就会擦上粪。我们问他臭不臭？他总是说不臭。

这里常停电，就是不停电，一盏灯也不能够照得很亮，晚饭后到睡觉前，也就没法看书，大家就把时间消磨在"联句"上。这个玩意大家作得相当起劲，有时碰到了说出很好的句子，当最不通的句子从一个人口中冲出的时候，大家就不免大笑起来，常常因为声音过大，被门外的监视哨打开那扇门上的小门，喃喃地骂一顿。这样的日子，我们整整熬过二十五天。

五、羊皮大学

圣诞老人的礼物

每天机械地生活着，今天不知道明天的事，甚至前一分钟，也不知后一分钟的事。所能知道的是清晨与夜晚，天阴与天晴。今天是什么日子？没有人能告诉你。我们虽然住在城市里，也和左拉传中的那位被囚在荒岛上的法国军官周法士（DBEFUS）一样，整个的与人世绝缘。家庭，朋友怎样？革命形势发展得如何了？多想知道呵！一点点也是好的！

吹到屋里来的风，已不是刚到的时候那般柔和，遮满着阴云的天，惨白而沉重，鹅毛似的雪花在窗外飞舞着，轻薄地嘲笑我们每一个人。石嶟和小耿，仍然是那一套夹衣，朱建国睡在一床军毯上。我把皮袍借给石，给耿加上一双袜子，谢士炎匀了一床垫褥给朱。大家整天地萎缩着，话也比来时少了。

一连落了有好几天的雪，屋子里的每一件东西，都摆出了冰冷的面孔，这是江南的寒冷。炉火已不是这里的世界的所有物了。远处的高楼上的烟筒，冒出了黑色的浓烟，是从另外一个世界中冒出来，冒到另外一个世界中去。

在一个夜晚，大家睡下了不久，街头的播音器，突然送来了一曲歌声，我从床上坐起来，背靠着床，仔细地倾听，这声音太熟悉了，原来今晚是圣诞之夜。

几乎一夜没睡着，清晨那教堂叮当的钟声和那看守粗厉的吆喝声，把我唤起。我们照例地起床，摺铺盖，上茅房，喝稀饭。碗筷收拾以后，照常地聊闲天，开玩笑，并且说："今天大概不会有什么事吧？这些特务们虽然不懂过圣诞节，但今天是'复兴节'，是那'鬼东西'叨共产党之光，从西安被放出来的日子，总该让我们安静地过一天吧！"这句话刚刚说完，一个操着山东口音胖胖的大高个，出现在才打开了的门口，喊我和谢士炎的名字，并命令式地说："收拾铺盖，预备走！"这声音当然给我们一个很大的激动，同屋的人也都感到惊慌，空气立刻严肃起来。我问他要我们到那里去？"不知道。"他带理不理地边说边走了。

朋友们围着我，但找不出任何一句安慰的话来，我也想不出该说什么。他们帮我，检点零件，收拾铺盖，临行的时候，我们一一地紧紧用力地握着手，感情使我们不忍分离，而形势是一刻都不许迟延。我走到门边，又转回头来，向他们深深地鞠了一个躬，道一声"再见"，意思是永别了！

楼下办公室里，堆着还有其他人的行李。这时我才知道走的不是我们两个，当我们又坐在第一次卸脚镣的地方，那里已经有几个穿着空军服装的青年，坐在板凳上，我们彼此用眼睛互相扫了一下，沉默着。接连着老丁和小耿下来了，朱和石随着到了。除了老孟和另外三个不属我们一案的人以外，全都来了。关在另外屋子的梁蔼然、陈斌，也一对一对地来了。两个两个地往外调。这大概是他们的手法，好象令人神秘莫测。我们一共有二十人，十六个是北平来的，其余的是被捕的空军，留下的那几位，从此以后就再没有见到面。

小耿和顾心田——顾是中共热河电台的负责人，小耿是他的徒弟，跟他学无线电收发报——他们两个人衣服穿得特别烂，小耿的单裤的膝盖上补了两个大补丁，顾的装束象个肮脏的伙伕。有一个特务向他们瞟了一眼，对那几位空军朋友说（却没有对我们说）："干共产党工作的，应该是他们！你们是知识分子，受过这么好的教育，跟他们一伙干这个，太不值得。"接着又说："国家对你们很宽待，这次把你们送去，案子很快就结束了，你们一到那个地方，便明白了。"到什么地方他没有说明，我断定这条老命又得再活几天。

我们一对一对地手腕被铐子锁上了，这一次用的是土铐子，两个铁圈的中间，插着一个带鼻子的细铁棍，一把锁把铁鼻子锁上。于是我们一行人就钻进两个车厢，空军和梁以及他屋子里一些人，和我坐一辆车，我很喜欢看见他们，因为彼此不见面是整整的二十五天。这时有一位年轻而健壮的空军朋友，问我的姓名，等他知道以后，他就对其他的空军朋友说："这位就是我们常常提到的余先生。"他转脸对我说："我们在上海的时候，看到报上登载冯先生为你被捕发表的谈话。"我连忙地问他："他说些什么呢？"他说："说明你过去的历史和对国家的贡献，他反对政府用诬陷的借口非法逮捕你……"随后又告诉我，与他同一个屋子，还有我的一个学生，姓赵的，他们从他那里知道了更多关于我过去的事。（我的学生云泥异途，怎么教育的啊！）说到这里，那押解我们坐在他一旁的特务就禁止他说下去。车子转弯抹角地向前驶，阳光照着地面，照着人面，照着红红绿绿的衣裳。

车子驶进一座大门，在一个很大的院子中停下来。我们走出车厢，有人认得这个地方，就喊着说："这是军法处。"下了车子，我们在草地上坐下来，大概等什么"交货"手续。谢问我："你看怎么样？"我告诉他："'受训'的事根本是鬼话了。事情从此就半公开了，严重性也就大了。"这时候梁插嘴道："前天我们买花生米，包着的一块报纸，恰恰登载着当天的消息。内容是余心清供认共产党不讳，与其余一干人犯一并解京送交军法审判，你的名字是用特号字标出的。"

我们"一干人犯"，在被点交之后，手铐子也去了，就进入一所旧式监房的院中。检查登记，差不多花了两个钟头。每一个人携带的东西，又再一度地被清算扣留起来。发还给谢士炎的两包三炮台香烟，被看守们扔在地下，狗东西们，连两包香烟都要"设计"一番。有一个瘦下巴颏象一只狐狸面孔的家伙，嘴里叼着香烟坐在一张五屉桌子旁，监督检查我们，他一看见那绿纸包着的两包烟躺在地上，眼睛直溜溜地瞪起，随即命令看守："拿来我看看。"等到拿上了手，他象生气似地打开抽屉，往里面一丢。这家伙就是这个看守所的所长，湖南人，与军法处长是同乡。

最后，就是那湖南籍的所长向我们训话一番，"你们的案子，我大概知道，这里是军法机关，如果你们不守规矩，想胡闹，那我是不客气的，就会把你们铐起来，并且向上面报告。"说到这里，他吐了一口痰："这是军事机关，不是随便的地方。"说完了，我们又被点着名，一个一个地关进不同的"号字"里。

木笼大厦

这里关着的人，五花八门，什么人都有，从汉奸，江洋大盗，到共产党；从六十岁以上的白发老翁，到十二、三岁的勤务兵和小鬼。

这是一座旧式的监牢，一个院墙里围着三座独立的院子。每座院子编成了一个号字，分为"智"、"仁"、"勇"，每座院子里是个一连五间的敞厅，在这敞厅里，用杉木钉成一连串的五个笼子，每个笼子之间钉上木板。笼子里铺着木炕，坐卧起居都在这上面，靠门的旁边，放了一个大马桶。这里给我的第一个印象，就是不象监牢，关在里面的不象是人，象一个动物园的铁栅栏，里面圈着一群动物。

看守所紧连着军法处（后来改成军法局），据说是齐燮元的房产，去年他被枪毙在这院里，总算是"死归故土"。这条街叫做羊皮巷，后来里面难友们给我说："这里和外面是两个世界，在这里住一住，经验学问，会增进很多，将来毕业出去至少可以吹吹'牛皮'，因此，这里有'羊皮大学'的称号。"

我住的是"仁字号"，他们说这间笼子里，一向关着社会地位比较高的人，如齐燮元、叶蓬和最有名的江洋大盗等，现在住在里面的都是"将级"。我是多么荣幸啊！来住在这座"大厦"里！

我被塞进了这笼子里，脱去鞋子，走上木炕，里面住的五个人，都站起来迎接我，最先和我打招呼的是王公遇，黄埔第二期毕业的学生，当过宪兵第七团团长，在四川当过暂编第二师师长；中等个儿，长方的脸庞，牙齿露着，一双失掉光芒的眼睛，不时向上翻动，一望而知是个目空一切半武半文的军人，因为贪污的案子被捕。他对我说："你站在院子里，我就知道你是我们屋子的客人。"接着是一位胖子戴着眼镜，五短身材，右边眼皮下的神经不时地在抽搐着，这样使他那个左眼仅只剩下了一条缝。他说："我们在什么地方见过面，你尊姓啊！"我们互通了姓名以后，彼此都社交地说："久仰、久仰。"这矮胖子的名字叫"杨毓珣"，杨士奇的儿子，袁世凯的第三个驸马爷，做过北洋政府的参谋次长，敌伪时代的山东伪省长。日本失败后，向蒋介石投降，当过三天的总司令就换了班，后又因汉奸案被控，关了起来。他在这里住了两年，还未审过一次。第三位是王占林，半边脸长着白癜疯，他是方振武的部下，和我在山西汾阳见过面，敌伪时代，当过伪军师长，也是在胜利后投蒋被抓来的。第四位姓杨，瘦长的个子，失血的脸上，表情很冷酷，说话也很谨严，充分显出深于世故，被捕前任"国防部"特勤处副处长，是开汽车连续撞死几个人的案子。最后一位，穿着黑布棉袍，我忘记了他姓什么，三十余岁的人，胖敦敦，象个厚实的商店老板，他是孙连仲"军事法庭"的军法官，专审日俘，因为有人控他贪污，奉"令"押解来京。他们都对我表示亲热。这新的环境，给了我异样的感觉。

我坐下来四周一看，木板的墙上，架着一块横板，板上堆满了热水瓶，罐头，饼干筒，茶壶，茶杯，饭盒，菜罐，点心盒，巧克力糖，可可，咖啡，方块糖，酱油，味精等等，象一座小食品店，也象那位阔人家的厨房，我倒有点象"刘姥姥"初进大观园，几乎忘了他们是囚犯，这儿是囚笼。他们帮着我把铺盖打开之后，便把龙井茶，饼干糖果之类一大堆东西，堆在我面前。三个月来这还是第一次喝茶。我喝着，吃着，同时在想着，我怀疑我是否在梦里。

这里一天两顿饭，我赶上了晚饭，他们各人把家里送来的菜集中地摆上，有肉有鱼一共十多样，简直是一席欢迎嘉宾的盛宴。

我在这屋里住了三天，就和他们一块搬到院子的西头，一座刚建筑好的新监牢里，我们仍然是六个人在一起。这座监房设备得比较合理，是一座马蹄式的建筑，仍然是分着智、仁、勇三个号字，智字号在中间，两头是仁字、勇字。我住的是智字五号，屋子里除了木炕之外，还有一个抽水马桶，空气和光线总算是够用，马蹄中间围着一个小小的操场，这地方我们一天可以在上面走动两次，每次十五分钟，叫做"放封"。听说建筑这座监牢，是由于美国军事顾问团的建议，主要的还是给他们看的。

这里除了押着我们二三十个所谓"匪谍"外，其余是两种人：一种是当过汉奸的，里面尤以军人为多，他们在胜利后，做了归顺蒋介石的效忠人物，等到军队被改编，军权被搞掉，姓蒋的把面孔一扳，他们就进来了；第二种是蒋系"人物"，都是些贪污案，如盗卖军火，侵吞公款，敲诈勒索等……，最近进来的一大批人，都是因为作战不利，这当然是指的和解放军作战而全军覆没的。

形式上，此地和我以前被关的地方不同了。因为是个军法局的看守所，所以一切规矩制度，多少带着些军事上的气味。所长是个少校阶级，他底下设了一个看守长，五六个看守员，再下层就是看守兵。警卫人员，由国防部特务团担任。在监里面和我们接触最频繁的是看守兵和他们的班长。这些看守兵，特务的气味虽大不，禁卒的威风还是不小。从上到下，处理事情，无所谓定律，一切的一切都是看人行事。

早晨六点钟被唤起，第一次放封的时候，可以到外面先洗脸，然后散步十五分钟。饭是两顿，早饭大概在九点钟，晚饭在午后三点钟，晚九点是睡的时间，睡前点一次名，查查有没有缺少。看守兵每四小时换一次班，一个人看几间监房，不停地在你门前逡巡，也不时从那门上的方孔中，用眼睛搜索一番，看看有没有违法举动。最讨厌是每天点名和换班时，总要突然的大声喊着"坐好"两个字，好象喊堂威一般，叫你从心里感到刺激！

每天两次放封的时候，全监的"人犯"，分作两班出来，同案的人，不能同时放封，其实这都是"掩耳盗铃"的鬼把戏。办法多着呢！"打电话"，"抛纸弹"，"写密码"，和外面通消息，也成了家常便饭。

每一个星期，可以通两次信，接见亲友两次，准家里送两次菜来。案情严重的没有这种"特权"，我是其中之一。能打通关节的人，并且可以每天每顿由家中送菜来。

看报是绝对禁止的，书是可以送进来，但要经过检查，可是我们每天有报看，还可以看到"展望"与"观察"。

一个星期，可以轮到一次理发刮脸。天热的时候，还可以每天要求到院子里洗个凉水澡。每三天看一次病，除了我和少数人不愿找麻烦，其余的都愿意冒充"病人"，出来溜个弯子，一切妙算神通，都在这一溜。

香烟在严格的禁止之列，但这里只有很少数的人不抽烟，我的屋子里，经常抽的是"三炮台"和"加立克"，可不是我买的。

下象棋是合法的，扑克和牌九被禁止，许多屋子的难友常常为了赌"梭哈"，打"天九"而大吵大打起来。

放封的时候，每个人都用快速的步子走出来，好象鸟儿飞出了笼子。当看见"新客"，大家都以好奇的眼光注视他，互相问着："他是什么案子？"我最初是被他们注意的一个。如果有人和你打招呼，也一定是问着你的案情。凡是说着自己的案情的，都是抱屈地解释着他是多么冤枉！

这里有不少"老资格"，都是一年以上的"留级生"，新来的人，得向他们请教，求他们帮忙。的确，他们的经验很丰富，告诉你的话，都头头是道。

我和他们混熟了之后，有些人就要和我谈政治，这是最难应付的事，因为听说这里面有"卧底"的，就是被打发来伪装犯人窥探秘密的，也有为献功而出卖朋友的。所以事先要拿得稳，说话的分寸尤须揣得紧，拒绝答复人家问题会孤立的，甚至会招致更恶劣的后果。

政治犯在这里，通常是被人戒严的，有时被人冷讥热嘲的，但不象在外面那般严重。等到解放军节节胜利，打下开封，拿下济南，我们的"市价"抬高了，和我们"近乎"的人也多了。

一般地说来，监狱里有一种比一般社会较好的品德，就是同情和互助。那些旧式的监牢里又当别论。

在我没有和母亲通到消息以前的好几个月，我是一无所有，钱是更没有一文。毛巾破了，牙膏完了，热水瓶没有，连笔纸都没有。同屋的难友，几乎每一个人都给我说："你不要客气，用什么，请说，我们给你买。"王公遐给我买了一个热水瓶，送了我二十万元零花钱。杨毓珣给我买了一个漱口杯和一双鞋带。刘金魁出去以后，给我送来二十万元，和一条毛巾。每一个人家里送来的菜、水果、点心，都有我一份，我差不多白吃白花三个月。

那位脸上长着白癜疯的王占林，是一个非常谨慎怕事的人，有一天夜里偷偷地问我："你是不是要给家中写信，我有方法给你送出去。"

我很感激地对他说："我只想给我的女儿通个消息，你若愿意的话，是最好不过了。"我那哄动一时的案子，严重的叫好多人害怕，他能自动地替我出力，这并不是容易的事。这封信终于地寄出了，只是我的女儿的回信始终不能送进来。

驸马爷给我帮忙的地方也很多。凡是我要他做的，他都大胆地做去，好象满不在乎似的。这里面有两种关系：一是因为和我同乡，有些乡土观念，再就是因为他和张学良是把兄弟，西安事变，他是张的驻京办事处处长，现在张被押，他也被押，这给了他思想上很大的刺激。以后他常常和我咬着耳朵说："大家出去，还要合作。""小心一点吧"，我带开玩笑地回答他。

我还收到些从别的监房里送来的食物，有些送礼的人根本不认识。

自然我们这些"匪谍"互相间的友情是特别深的，不管认识不认识，互相深深地关心着，帮助着。在放封的时候，好多人来告诉我他们的案情，和发展的过程，并且和我讨论将来的对策。最可笑的是有一天我正在院中散步的时候，有一个生得很漂亮的青年，在窗子里对我说英文，他说他是我的同学，并告诉我他的案子怎样危险的一大堆话。我觉得这位朋友太大胆了，旁边都是贼一般的看守在监视，这样说话是会出岔子的，我又没法不答复他，就低低地拿中国话说："你写封信，让那扫地的小张送来。"后来打听到他是个冒失鬼，他在汉口时候，朋友夫妇不合，他跑去帮着那朋友把人家的太太打了一顿。他告诉我他是一个地下工作者。

有位沦陷区的游击司令，他是东北人，矮矮的身材，细白的皮肤，脖子常向一边拧着，充分表现他性格刚强，他成了许多难友的"电台"，尤其是初进来的人，非常需要与外间通消息，一找他援助，他总是不顾一切地帮助你，我们在这里看的报纸，差不多都是由他一个人走私进来的，他的屋子几次被搜查，查出不少违禁品，也碰过很大的钉子，在许多胆小如鼠自顾自的难友中，他的确是个角色，我们称他为"狱中之光"。

有了这位朋友的"见义勇为"，加上了大家的经济支援，我们获得了不少精神食粮，又加上差不多每天有新进来的人，把外面最近的消息说出一些，使我们知道不少关于一般局势进展的情形。

这里有我们的"国际路线"，我们的"搬运法"，以及种种代用品。

除了那位游击司令的电台，住得稍久的人，都各有自己的专用电台：一块极薄的纸，写上蝇头大的小字，摺成指甲大的小片，外面注着地址及酬劳，专差就会给你带来回音。

香烟也是这么来的，有时火柴断了，就用一块棉花裹起从诊疗室骗来的灰锰氧，放在地上拿鞋底一搓，立刻就燃烧起来，把一根纸媒子接上火种，那么，瘾就过了。

在冬天，家里送来的菜，送到之后都凉了，监房里是不许有火的，怎么办呢？一个浆糊瓶，把盖子戳一个小窟，再把包牙膏的铅皮做成一个细管插上，装上棉线当灯芯，倒上麻油，掩蔽在墙角的洗脸盆下，问题就解决了。

把送进来的冠生园盛点心的纸盒子，剪成一片一片的长方形，再用"沃古林"眼药瓶上的橡皮头，沾上墨和红药水，天九牌于是就制成功。作扑克牌更是轻而易举了。

爱好漂亮的人，用肥皂带进了刀片，把一支筷子半端劈开，夹上刀片，用线上下一捆，刮脸就不需要理发匠了。

有位中将，姓姚的，当过胜利后第一任天津警备司令，和后任牟延芳打官司——一个发够了接收财的家伙。因为姚是杂牌，所以关起来了。他经常吞着大烟泡，来路就不用问了。

照例，每两个星期，大检查一次，监房里的东西都要受检，每一个"犯人"的身上也要搜一遍，但这"将级"的房子，从来没有出过大乱子，因为事前有人通风报信，大家心照不宣。

我在这里一共住了九个月，物质的生活，是"星星跟着月亮走"，一切叨光，精神生活，就远不如和革命的难友们在一起的时候愉快。这里虽然有几个"同道"，却都被隔离开了，很少有接触的机会！"牛骥同一皂，鸡栖凤凰食"，正是这里的情形。

牢中的时间，算得世界上最优裕的了，但很少有人珍惜它，用它来读书，求进步，准备将来。纵然有人偶尔地在看书，只不过是些旧时代的小说，古唐诗，以及些易卜星算和黄色杂志。

谈话的时候很多，但很少接触到思想与理论问题，每一个人在重复着叙述自己当年的丰功伟绩，和这次天大的冤枉，同时幻想着最幸运的将来。

一般人最感兴趣，最爱做的事，是看相和算命。差不多每间屋子里都有几本历书、麻衣神相、金钱课、牙牌神数一类的"巨著"，鬼谷卜筮之流，这里更不乏人。

如果知道谁会看相，他在放封的时候，最被"群众"拥护，尤其是清晨，左右前后包满了人，要请他看看自己脸上气色如何？要是这位"相家"告诉他："你的'驿马'动了。"他的脸上会立刻浮上笑容，不过有一位不知趣的四川"相家"，他端详了求他看相的人的面孔之后，常常很严肃地问着："你以前坐过牢吗？"这人回答道："没有。""那么你还要再坐一回。"他肯定地说。

我屋子里的那位"王少将"，每天总有五、六次跪在炕上，把六个棋子合在两只掌心中，黑眼珠直向上翻，嘴里叽哩咕噜一会儿，然后把棋子往炕上一掷，数数有几个字朝天，然后打开"金钱课"一对照。如果他的脸色变得苍白，那么你就准知道他起了个"下下"课。他颓丧地躺下一会儿又再去摇。旁边的刘少将对他说："你面向东方跪着才有灵验呢！"

　　好多人都会念"多心经"，一早一晚，许多屋子里传出"南无阿弥陀佛"，"救苦救难"喃喃的声音来。好象这里是一座"大雄宝殿"。

　　一般人的胆子，小得象只耗子，听出外面的脚步声音稍微急促点，大家都吓得面无人色，周身发抖，特别是那位王少将，他惊慌地说着："不好！又有事了！"因为这里杀人，都是临时提出去执行，他当过宪兵团长，知道这活计怎样干。我怕他吓出神经病来，曾有一次很诚恳地劝告他："你放沉静一点，我们在这里，只有把生死置之度外，才能活下去，不然会由于不断地神经紧张，刺激出别的毛病来！""余先生，我和你不同，你死了是个烈士，历史上的人物。我呢！要是枪决了，却背了一个贪污的罪名，怎能不担心呀！"他似乎又感伤又忏悔，意思是说：最好能活着。

　　每一个屋子里，常不断地发生吵架斗殴的事，有时候整个监牢骚扰一阵。最初我以为这都是因为知识水平太低的原故，过了没几天，我的屋子里，也连续地干起来了。每一次闹起来，看守兵、看守员，堆集到门口，厉厉害害地骂一顿："你们是什么将官，芝麻酱、豆瓣酱、虾酱，太不知自爱。"这样骂还是人情面子，要是别的屋子的难友吵架，常常因此而被铐起来。

　　杨驸马的一张嘴，总是关不住，晚上睡的最早，清晨起得也最早，一起床，他就找一个人做说话的对象，和人扯皮。不一会儿，两方就干起来，愈干愈凶，始而口角，继而对骂，然后大骂特骂，最后全武行，大打特打。王少将的一张嘴也不示弱，平常总是他们两个人干。有一次吵得不可开交，刘少将忍耐不住地劝杨说："这次是你的不是，以后说话不要过分尖刻。"杨还击道："你们黄埔系，想联合起来压迫我吗？我不吃这一套。"

这位驸马的血压很高，常常吵打后手脚发麻，以后一次和海南岛的"要塞司令"干起来了，被那位青年的"将官"，骑在他的身上，咯吱他一大顿，第二天清晨，就全身麻木，下午就死掉了。

这里的打吵，也有一个特殊原因，因为生活接触太近密。甚至比夫妇间还要近密。夫妇相处，有时不耐烦，任何的一方甩开袖子，就可以跑出去。在这里却没有方法跑开，那门上一把铁锁，昼夜地在守着你。自然每一个人心里苦闷，更是一件容易激发怒火的因素。我差不多每天说不上十句话，总是埋头读着书。别人以为我是一个多么寡言寡笑的人，那知道"哑吧吃黄莲，有苦说不出"。

平时，我们以为象这样的苦难折磨着身体和灵魂，至少是会给每一个人在做人上一个反省的机会。那知天下事有大谬不然者。一般人的作恶心理，不但不能在这"恐怖政策"和"痛苦主义"的牢狱中改"善"起来，结果实得其反。有一天有一个当过校官的湖南小伙子，走到我的面前，用诚恳的态度对我说："你是余先生吗？"我说："是的。"他说："有什么事我可以帮你的忙，如果你需要对外面通信，我有办法，我的家眷每星期来接见两次，我们会说乡土方言，监视的人听不懂，我可以让我的妻子，替先生在外跑一跑。"我感激得了不得，因为通信接见，我是绝对被禁止的。我急需要知道家中老母的情形，朋友们对我的情形，所以我就拜托他，请他太太到我家中走一趟，如果老母不知道我被捕的这一回事，就不必说，如果已经晓得了，就请告诉她我的身体不错，也不必挂念，并且把送菜的时间说明白，经常地给我送点菜来。他把这事办得很快，三天以后，我就看见四十年以前那个旧菜盒子，已经送到我的屋里，我每饭不忘地感谢着这个青年。可是梁蔼然后来对我说："这家伙是个骗子，他曾经替一个犯盗匪罪的大盗通信，回信自然由他家转，那大盗家中汇过两千万元来，直等到执行死刑的日子，还没有从他手里拿到一文钱。他这样的买卖，在里面作了不止一次。"这话叫我听了出了一身冷汗，我相信我知道的事太少了。

有一个很长的时期，就是蒋介石召开伪"国大"，当选伪"总统"的前后，大家每天盼望着一件事——大赦——有的说大赦一定有，"国大"一开会就有。等到完了会，大赦还没到，就又说："总统就职就颁布！"这样失望又失望地一天一天地盼望着，直到把那守周村不到四小时便全军覆没的二十二师师长周庆祥枪毙了，大家这才死了心。

平时蒋家将在这里，虽然作了"犯人"，总觉得是"天子门生"，秉承有自，等到济南一被攻下，样子就不同了，屋里屋外时刻扬起了一片咒骂的声浪，什么"庆父不去，鲁难未已"，"国家不亡，是无天理"，"这家伙完全是个昏君、暴君、独夫、流氓、浑蛋、王八蛋、寡廉鲜耻的贪污头子"一大堆话，这般人好象因为知道蒋介石要失败，这才"隐遁"此间的。

在这些事上，我得到一个结论，就是蒋介石最后的命运决定了。自然他的结局，我们早就看到，但这里看到的，更证明了过去的认识是毫厘不差。并且断定这小子垮台的时间，要比外面估计地提早。从特务能力上看，从军法机构上看，从关在这里的大大小小他的官兵的动作和思想上看，都可以看出这位独裁者，已经把自己的坟墓掘好了。

有一天早晨在放封的时候，碰上了一个素来没见过面的漂亮青年，虽然缺乏营养而瘦削了许多，但是在白净的脸皮上，透露着象苹果一样的面颊，通天的鼻梁，夹在两只灼灼有光的眼睛中间，好象一条长堤，分开两边的湖水；衣服穿得很破，拖着一双很大的美军皮鞋，鞋底的后段，已经踏得遮不住他的脚后跟。他走到我面前，很热烈地和我握手，告诉我他的名字叫邱实义，他是在京沪路上做情报工作，和另外一个军人在一年前被捕的，早几个月被送到水西门外的中央陆军监狱，同老谢、老丁等同住在一起，他们都托他给我问好。这次因为要重新受审，所以他们俩个人被移解回来，他希望我随时地指教他。他并且决定开始读英文，希望请我给他正音。当然这样的请求，我是不会拒绝的，他的态度显出在他的生命中，燃烧着万丈的火焰。他很少和别人说话，只在听到什么战事上的好消息时就向我透露一番，有时他也问我关于一些外面的消息。他走路永远是雄赳赳地挺起胸脯，高视阔步，在那一群人中，好象是鸡群之鹤。

别人都带着惊奇而鄙视的态度望着他，因为他那样的表情，天然是一个典型的思想犯。过了不几天，同他一个屋子的人告诉我说："他昨天开庭了，结果很坏，恐怕他有被处决的可能。审问时，他和法官抗辩，弄得法官拍案大叫说：'我非杀你不可！'因为法官问他：'你对于共产党的感想如何？'他说：'我是共产党员，我们为了大众的幸福，不能不革国民党的命，共产党是个有主义、有作为、有办法、而最后必能成功的一个党。'法官很生气地说：'你不怕我枪毙你吗？'他说：'共产党人如果怕枪毙，就不是真正的党员，不象你们国民党人贪生怕死。如果今天你要在共产党人的面前被审讯，你敢有我一样的坦白直率勇敢吗？'法官气得脸发青，连连拍着桌子，口口声声要杀他。"大家对于他这种英勇行为很感动，但是替他生命的前途担着很大的心。他被审后在屋子里一天没出来，有人说他正在写什么。第三天我见他若无其事地向我问几个英文字的读法，我很感动地安慰了他一番。后来我转移到特刑庭，有人告诉我：他因偷看报纸和值日的看守员冲突过好几次，并且被掉换号字，两次被戴上手铐子，这真是一位坚强的战士，革命中的光芒。

同时有八路军的一个排长，因病在济宁医院中被俘了。他穿着一套原模原样的八路军服装，在和我们一道放封的时候，有人问他："你是土八路吧？"他说："不，我是真正的八路军。"他不大喜欢说话，他用急行军的步伐围着操场不停地转，显得那么英勇、豪迈。在"国大"开会的时候，他开始绝食一星期。他告诉别人，他是为了抗议伪宪法而绝食，在这样一个残暴统治的局面下，这里的刽子手们是可以任意地把他们所不喜欢的人杀掉的。但这位朋友不惧刀斧，悍然以生命来反抗伪宪法的宣布，这是多么值得令人崇敬，值得称道的典型啊！

在这里有两个对照，恰恰两个极端：这一面是些卑鄙、贪污、愚昧、怕死的蒋家人马；那一边是坚定、纯洁、英勇、不怕死的斗士。一败一成，不待识者而后知。

七堂会审

这个军法局，下面设着三个处，除总务处外，一个是检察处，一个是审判处。案子一到，先由检察处调查，然后提起"公诉"，由审判处来审讯判决。

检察和审讯可以连续开很多庭，如果是件必须"拖"的案子，常常几年无下文，"驸马爷"的案子，二年没开过庭，就是一例。

住在这里较久的人们，都会背一个歌诀："有理无理三个月，马马乎乎是半年，若待判决一年半，起码罪刑是三年。"这里，就是这样的处理案件。

判决以前一个最后的过程是会审，会审要有审判长和陪审法官。案子大，"犯人"阶级高，审判长的阶级也必须是高的。平时惯例多半是上将审中将，中将审少将，少将审校官。

通常一到会审，案子就内定了。会审不过是一种照例的手续和形式。

"通天"的案子，并不是决定于什么军法局长，审判长，或国防部长，掌握决定权的是蒋介石自己。

那位三十二师的师长周庆祥，也经过了会审，审判长没说三句话，庭就算开完了。他一回到监房，自知情形不妙，就秘密地写下了遗嘱，后来有人告诉我，远在他由周村跑到济南，蒋枪决他的手令已下到军法局。

和我在一个监房同住了四个月之久的一位二〇五师（青年军）的参谋长，名字叫彭奇超。军队由广州调台湾时，做了一笔用军舰走私的买卖。案子被告发，师长姓刘的跑到香港躲起来，彭就被捕押解来京。会审之后，判他十年徒刑，同案的师部合作社经理判五年，广州留守处主任判三年，等到这案卷呈送"御览"，这小子用红铅笔在上面写了四个大字："一律枪决"。原因是由于向香港政府交涉引渡他的门生姓刘的，结果碰了钉子，于是一怒而杀"三士"。

提到军法局，何尝有"军法"，这里只有"蒋家法"！生杀予夺，系诸一人喜怒。监里有个黄埔一期生告诉我一桩事实，说："蒋在江西'剿匪'时候，有一个书记，呈请给假回籍完亲，这呈文送到蒋面前，他批了个'枪决'，把这位小书记吓得屁滚尿流，过了两星期，赶上蒋高兴的时候，才有人把这件事说明，他把原批改了，'赏结婚费二百元。'"在形式上军法局属国防部，实际上归他直接指挥，听说象这样机关，一共有八个。所谓"军法"，不过是这只魔掌上帝的手套子罢了。

"天下乌鸦一般黑"，蒋政权下的贪污，不会单在这里藏躲起来！"贿赂"这法宝，于是就大显神通，金条变成一把钥匙，把"法锁"打开了。

通货恶性膨胀，法币急骤贬值，每一个公务员所得到的薪给，不足维持最低限度的生活，况且这些享受惯了的官僚们，更需要额外大注的收入来开销。这一下子，穿着带血的衣服的"金条"走进来了。走进了他们的官邸，走进了他们的袖里，走进了他们的灵魂深处！

那一位弄死"驸马爷"的海南岛要塞司令，刚来的时候，不准接见，不准通信，天天开庭，形势很象是了不起的严重。每次开庭完了，他的面孔阴沉得灰里带青。过了不多几时，他也能接见了，也能通信了，我问他庭开的怎样？他说："案子愈问愈小了。"再过了两个星期，他居然取保出外，随传随到了。他告诉一个朋友说："十条金子没有了。"

和彭一起走私的一位商人，他的神通更大，从看守兵一直买到副局长，后来他的太太在外面说话不小心，把一封行贿的信，给卫戍司令部稽查处查到了，这事闹到蒋那里，副局长、军法官、看守所长、送信的看守兵，统统关起来，一时情势紧张万分，但没到半个月，官都放了，只把可怜的小看守兵判了徒刑七载。

另一位和我同一屋子的后勤部仓库库长，他的太太在外面，的确是把能手，一包一包的礼品，转移到军法官太太们的手中，美军大氅，美军绒毯，还有……，都献上了。他一次由"国际路线"给太太写了一封信："只要人能出去，财物不必吝惜。"这是他亲口告诉我的，自然他不久就出去了。

人力，是金条之外的一桩法宝，这里的路，有钱走得通，有势也走得通。

如果你是黄埔系，再加上是浙江人，当然"奉化人"更吃得开。不但案子会大事化小事，小事化无事，看守所上上下下，都会另眼看待。若是我们和这样的人住在一间屋子，也会沾光不浅。

那位王少将，案情相当地严重，他之所以胆小害怕，也为了这桩心病。不过他有几个优越条件，终能逢凶化吉。他不时地告诉我们，他是黄埔二期，"校长"的同乡，国防部次长林蔚文是他黄岩的小同乡，而且私交笃厚，时机一到，定会帮他设法解脱。最后果不其然，准了病号，出外就医。

和我们一案，一同起解来京的袁永熙夫妇，他们是陈布雷的女儿、姑爷。我们一般人在闲谈的时候，就断定这小两口不久就可放出去。果不其然，不到三星期袁的太太就开释了，袁跟我们到了军法局三个月后，也开释了。

那位开汽车撞死人的副处长，听说原定处极刑，后来怎么攒上了胡适的门子，一封信就减为十年徒刑；这里还有些东北人，托人在外面找于斌的路子，因为知道蒋介石，不但对干爸爸买账，就是叔叔干连的干儿子他也认亲。

背时的要算杂牌出身的"人犯","剪除异己"这一手，恰好是机会使在他们头上，吉鸿昌被杀，韩复榘被杀，杀的多麻利，但孙元良拉出去枪决后，却"原尸还魂"了，官做的更大了；政治犯呢？用不着说，是"非我族类"，死有余辜。

当我住在木笼的时候，笼子面对着看守所的办公室，靠东面有两个窗户，窗外有条甬道，甬道的南端有一道门，通着军法局。整个监房，是军法局院子里的一个小圈圈。

在我进来的第二天下午，院子里落着绵绵的细雨，笼子里黑暗得什么也看不见，大家摸索着把晚饭吃了。外面甬道上走着十几个兵，走到我们的窗子旁站下来，每个兵扛着长枪，枪筒上插着刺刀，同屋子的人看到了就对我说："看样子，又要开庭了。"

笼子门口，走来一个看守员，手里拿着一本簿子，叫着我的名字，我站起来的时候，他告诉我："现在开庭。"同屋的朋友很同情似地瞧了瞧我，杨对我说："要沉着点，进来的人，照例地要问一次话。"我笑一笑就走出来了。

我们十几个从宁海路来的人，先在甬道上排成双行，然后一个向左转，就向门口走出，那些箭上弦，刀出鞘的卫兵们，密密地包围在我们前后左右，一步一步地走进一间候审室。

我被唤进了"法庭"之后，这里却和特务机关大不相同了，一座大厅，八间房子大小，正中是一座三尺来高的"讲台"，台前围着木栏杆，台上放着一个长台，两旁衬着两张三屉桌，中间坐着一个冬瓜形的家伙，额头很短，两只黄鼠狼的眼睛镶在一张透黑的麻脸上，满脸挤着横肉，脖子几乎没有，好象一颗脑袋扣在酒坛子上。旁边坐着一个干瘪瘪的瘦子，手里握着一管毛笔，两只没精打采的眼，直在出神。

这回我得站着了。那台上正中坐着的家伙，向我冷酷地望了一眼，用着一口湘潭土音问了我的姓名籍贯年龄以后，接着就问："你为什么替共产党工作？替孙长官接洽投降？""接洽投降"四个字，象在我头顶上响了一个雷，我心里说，要这样刨根，问题就大了。我照着先前的话答复一番。"那么，你是不是陆军中将？"他一面望着我一面问，这到叫我莫名其妙了。我解释给他听，"我不是军人，我和孙只是朋友，在北平一年，从未接受过军事上的名义，所谓'设计委员会'不过是孙的私人顾问性质团体，里面的委员，不是孙的好朋友，就是地方上的名流学者，大家不但没有薪给，连车马费也没拿过。如果我是中将，一定会有任命状，薪册子上一定会有我支薪的单据……"。话未说完，他大吃一惊地打岔问道，"谁告诉你这样说的？""没有任何人，这是事实！"我感到奇怪地答复他。他沉了一沉，哼了一下："你不是陆军中将，保密局的公事，怎么说你是，难道他们冤屈你不成？我看一个中将身份的人，才能有办这件事的资格，"说到这里，他把桌子一拍："保密局说你是中将，不是也就算你是！"他说完了，我有点冒火："既然这样，你问保密局好了。"这一堂，差不多搞了两小时之久，屋子渐渐沉没在傍晚昏暗中，檐头滴下的雨声，好象在为我诉着不平。

走回来的时候，我觉得这黑麻子比北平那个穿黄军衣的特务还凶过十倍！同屋的人一看到我，就争先地问着："庭开的怎么样？是谁审的？"我略略地把经过情形说了几句，"驸马爷"说："你倒霉了，碰在这坏家伙手里！他姓谭单名敬，湖南人，是这里有名的四大金刚之一，他一向是把小案子问成大案子，活案子问成死案子。许多人的命，都送在他手上。"王公遐很聪敏地打着岔："也不一定，你的事，他未必能作主。"

睡觉前，我把那在"宁海路"联句的玩意传授了一番，王公遐首先赞成，他接的句子也很典雅，只有王占林不参加，因为他是个老粗，怕出丑。我们一气联了两小时，最后，还是"驸马爷"的鼾声打了收场。

在阳历新年的前一天，上午九点钟，我又被唤出去了。这回没有到"大堂"上，我被带进了一间看守所的办公室，屋子里挤满了办公桌子和办公人员，那个黑麻子已经坐在那里，沉着那张鬼脸说："你把给周恩来打的电文，写出来。"我不迟疑地写在一张十行纸上，末尾署上我的名字和年月日。他拿起来看了一遍，随即说道："蒋主席很着急，催我赶快办，现在我把你这个电文附在卷上，送去呈阅。"说完了，他就从桌子旁边挤出去，象一只狗熊蹒跚地走开。

回到监房，我仔细想着刚才的事，这又在耍着什么戏法呢？电文他们早抓到了，为什么还让我写出？难道要我这亲笔字摄成相片，在枪毙后公布吗？也好，那个时间，愈早愈妙！

新年的早晨，大家起来特别早，互相道着"新喜"。阳光温暖的晒在西面白灰墙上，不多说话的王占林自言自语道："太阳也有照着我们的日子。"我对他说："这是一句好诗。"放封的时候，院子里握手、恭喜！忙成一片，"大相家"这时候最受欢迎。那位被我们呼作大萝卜的南京籍看守员，向我们报告着，今天国防部秦次长要来视察，大家要把内务整好，被子一律叠成方豆腐块，手巾折三折搭在铁丝上，距离一般远，架子上的东西都要看齐。老白不耐烦地说："他妈的！坐牢还得应酬军训。"

秦德纯要来了，我怎么办？我心里在盘算着。他是我的多年朋友，称兄道弟，象是多么亲密，可是这个人，典型的圆滑，从来不走极端，见风转舵，也从来不冒险，今天他来，照理他要向我打个照面，慰问一两句，但也未必。如果我先招呼，他摆起官架，岂不是自讨没趣。最后我决定当他来的时候，我看我的书，好象没有这回事，除非他喊我，我不先开口。事情不出所料，别人的屋子，他还张一张，我的屋子，不顾而去。后来有人告诉我，他的副官在窗口上，很看了我些时候。当他走到院中，看守所长请他到办公室休息一下，他用那一口胶东的土腔，连说"不必，我要开会去。"他就这么走了。

黑麻子一共提审过我三次，末一次只问关于请客和请客费用从那里来的，一些琐碎问题。后来再没见过他。听说蒋介石因为各战场军事形势不利，为要立威，就在全国几个重点作战区域，增设军法分处，使作战不力者知所"警惕"，黑麻子就因此高升到济南王耀武的军区里去了。

以后差不多每隔一个月审我一次，审的人也换了。据说黑麻子是管检察部分，他临走的时候，把我的案子起诉了，起诉书没有给我看。换人是审判处的。到这时，我的案子又进入了一个新阶段。

新换的审我的人，名叫方炎，一个瘦弱的青年，穿着一套中山服。说话带着皖南的土音，态度很平和，一开口就说："余先生，你是先辈，你的情形，我知道一些，谭法官也交给我一些材料，今天我们要谈一谈关于你的身分的问题，请你尽量供给我一些材料。"我觉得奇怪，为什么他这么谦和？我们的谈话，继续了约莫一小时，我临离开的时候，他一边整理卷宗，一边站起来，似乎是在送我。回来和梁蔼然一道，我告诉他方才的情形，他也感到方和谭不大相同。这是怎样的一回事呢？他是怎样的一个人呢？从他的语气听，很象一个同情我们的人。

第二次审讯，他还是那么温和有礼，告诉我这个案子快到结束阶段，要我把保密局起诉书上的几件事，多给他提供反证。最后我问他，身份问题确定没有？他低下头想了一下："没有，现在还在讨论中！"从此我知道会审的日子不远了。

"结束阶段"，这句话在我听来，是多么富有诗意！一般人在狱中的苦恼，是在于活着，在于要求活着。如果生的留恋渐断了，事实到了不可能活着的时候，那么，眼睛一闭，万事都休，还有什么苦恼！

一天一天地等待"结束阶段"，一直等待了五个月。每天多少人走进来，多少人放出去，有的人今天还活着，明天就做了刀下之鬼。

无法记数的"激动"，在不同的事上发生，从每一个角落拢聚，社会在急骤地变化，思想也跟着不停地变化。

旧历年的那几天，给我的刺激最大、最多、也最深。同屋的人，从家里，亲戚朋友那里，收到一堆一堆的礼物。我呢？成了世界上"六亲无靠"、一个最孤独的人。这里——南京，不是我的家乡吗？朋友，门生，故吏，不是遍布在各阶层吗？我从前不是常常自豪，以为有一天我坐牢，牢门口当堆满了探监的人！重庆八年，我不是曾经给多少朋友雪里送过炭吗？今天他们到哪里去了？啊！我是个"阶下囚"，我是个"政治犯"，我是个可怕的"匪谍"！还要幻想着得到那些人的同情与怜惜吗？我这个小资产阶级的"温情主义"者，应该熟读这新的一课！

除夕之夜，外面爆竹声断续地响着，我静静地躺在炕上，把一本旧帐，从头算起：

稀疏的几声爆竹，

一阵儿断，

一阵儿续，

少数人在欢笑，

多数人在啼哭。

过了整整一年，

过了三百六十五天，

孱弱的身体，

一年何尝比上一年，

可是熬过今天还有明天。

人民的眼睛最亮，

谁也不能把历史伪装，

你在无人处干的勾当，

有人在暗地里记下一笔帐。

几次走近鬼门关，

生命依然留到今晚，

今晚的心头——乱丝一团，

甚么时候才天光！

　　熬过了一冬。春到江南特别早，青草探出了头，绿树张开了口，风象个媚人的小姑娘，在阳光下，吻着每一个人的脸。一天下午，刚下完了一场春雨，柳条显得更绿了。一个看守班长带着微笑在窗口对我说："余先生，有人特别接见，请打扮、打扮，到局长那边接待室去。"我异常地惊奇，我是一个绝对不许接见的"要犯"，是谁来看我呢？王公遐说："至少是位中将，否则不会在那里见面。"我跟着看守所长，走进一座楼，楼上对着楼梯口的一间屋里，摆着三套包着白洋布的沙发椅，很整洁。离开北京，今天是第一次看见沙发椅子。我刚坐下，忽然又被唤到走廊上，有一个身材不高，肥胖象一只母鸭的文职军人，戴着少将肩章，扳着冰冷的面孔，拖着河南固始腔，严厉地对我说："你的母亲来看你，这是特别关系才许你接见，但不许见面就哭闹起来！"我没有说什么，心里却恨恨地骂他："你这小子瞎了眼，摆什么臭架子，哭，眼泪早就干了。"这小子走了之后，我一转身看到许宝驹兄站在我面前，和我紧紧握着手，对我说："放心，朋友都在动员了。"说完这句话，就向甬道尽头的一间屋子转去，在同一个方向，我看到谭惕吾搀着我的母亲走过来，那看守所长要我进屋里坐下。我和惕吾握了手，转脸喊了一声"妈妈！"这时她要掉泪了，急忙地拿出手帕来揉一揉眼睛！大概有人也警告了她。我注视老人家的脸，她憔悴了，苍老了，几乎我不相信这是我去年还见过的母亲，脸象龟裂了的水田，干枯得象豆腐皮包着骨头，我勉强说一声："你身体好吗？"她说一声"好。"凄楚地望着我："受苦了吧？身体没有病吧？衣服够穿的吗？"问得我心里有些酸，我答覆了她的话以后，就转身向惕吾说，"你母亲好吧？一般朋友都好吧？""你的事不过是种误会，不久就可澄清。"她望了望我。我明知道这是安慰我，但又不便多说，因为那看守所长张着贼一般的眼睛坐在一边监视着。我不愿意这样的时间过于延长，我就告诉我的母亲和惕吾："你们回去吧！不必为我担心！"说着我就站起来了，等到她们一走到门口，我把头一掉，快步地走下楼来。

桃花开过了，黄色的蔷薇萎谢了，石榴树伸出千万只膀臂，向天空举起赤红的火炬，好象要把整个的天地燃烧起来一般！"结束阶段"，依然不露面。

五月的一个清晨，刚刚吃完了早饭，一片皮鞋踏着水泥甬道的声音，在院子乱响起来，我们隔着窗子一望，每一个兵枪上的刺刀雪亮地列成一排。我们知道又有事了。不大的工夫，我门上的锁打开了，那个"大萝卜"拉开门喊着我的名字"出来！"我走到过道上，梁蔼然已经站在那里，我们并排走到院子里。在法庭的门前，停着一辆黑黝黝的新型大轿车，有两个副官在车旁徘徊着。我对梁说："今天真的会审了。"

我是第一个被唤进去。"大堂"上的情势不同了，两排兵头顶钢盔，全副武装，笔挺地握着上了刺刀的枪，刀光闪闪，杀气腾腾，一动也不动地两边对立着。堂上的桌子，全罩着红色的桌单，当中坐着一个戴着中将肩章，胸前满挂勋标的军人，这家伙是郑介民，我认识他。旁边坐着两个少将，一个就是在我母亲来时的那个"训"我的河南人，他是军法局办公厅主任。他们旁边坐着两位上校，一个是方炎，另一个我不认识。两头坐着两名书记官。好一个场面！大概想把我威吓一番。我一手捋着胡须，慢慢地走进去。心里冷笑着说："小子！何必脱裤子放屁，老子经得太多了。"

那姓方的把姓名、年龄、籍贯问了一遍，郑就开口了，其实他所问的只寥寥几句，我也报以寥寥几句。最后方问我还有什么说的没有，我说："没有！"

接着我受审的是谢。他回到候审室的时候，脸上气色有点沉重，我问："怎样？"他说："情势恶化了。"他接着问我："你看怎么样？"我对他说："你我两人，恐怕跑不了"。后来我觉得有点失言。丁行，石崝，朱建国，赵良璋四个人也是接续着被审讯，这是我和他们最后的一次见面。

宣判的日子

五月天的阳光，晒在身上，已感到微微的熏热；一直穿着的那一件夹袍，使我觉出沉重来。回到监房，同屋的难友，紧紧地围拢到我的身旁，打听着今天会审的情形："审判长是谁？审判官是谁？问些什么？情形怎样？"等等的话。我敷衍了几句，就开始考虑一些必须采取的步骤。

这里的惯例，会审后立即把判决的意见，签呈上去；我们的案子，自然是由蒋介石亲自批办的。平常由会审到执行判决，最多不会超过两星期，这样我得准备迎接这个日子——最后的命运。

现在，我一点企图自杀的观念都没有，虽然这里能很容易找到自杀的工具，但我要把杀死我的责任，完全放在蒋介石的身上，免得死后给他一个借口说我是"畏罪自杀"。

我写下了一份遗嘱，托同屋的何和彭在我被解决后，给我送出去（却没想到，彭在一星期后，先被解决了。）因为执行前，宣判的时候，照例是要每人留下遗嘱的。可是，象我所写的遗嘱，是否能转到我的亲属手里，大成问题！我的遗嘱，这样写的：

请你们不要为我的死悲哀，应当和我一样地感到光荣和愉快！

天快亮了，现在只是黎明前一霎时的幽暗。

草要除根，革命要到底，请你们努力吧！

这时候，家中的事，倒有点叫我烦恼起来？一位老母，还有一个兄弟；另一个兄弟死了，留下三个遗孤，他们都住在南京。我的妻子，现在美国；一个女儿，留在北平。我一点积蓄没有，将来的事怎么办？自然，革命成功的日子，他们一定会得到照顾，但是现在呢？通过一个理发匠的"国际路线"，我给谭惕吾写了一封信，希望她和一般朋友，能随时照顾她们。信送出了，心似乎也安定了。

执行处决的时间，多半是在早晨八点以前，如果有人在这时候，从你房门上那个小窗户，偷偷地盯你一眼，随后打开房门，点着你的名字，向你说："法官要和你谈话"，或者是"有人接见"。那么，你一走出去，就永远地走出去了。我在这以后的日子，每天早晨就等候着，一直等了五个月之久，只要一过了"八点钟"，我对自己说："你又多活一天了。"

春天过去，跟着就是夏天到来，监牢里的日子，最难过的是冬与夏，冬天冷，尤其是身上没有棉衣，床上没有棉被的人；夏天虽然少了这些困难，但是苍蝇、蚊子、臭虫的问题又来了，暑热也会叫你昼夜坐卧不宁。今年的夏天特别热，挤满了一屋子的人，好象蹲在一只蒸锅里一样，闷得喘不出气来。每一个人身上的痱子，象夕阳照出的晚霞，红成一片。白天成群的苍蝇，嗡嗡地舐着你的皮肤，叫你想打个盹都不可能。晚上蚊子的威胁就更严重了。

紧贴着监房，是一个五亩地大的臭水塘，那里是蚊子的制造厂。一到晚上，成千成万的轰炸机，在这间小天地里，袭击着每一个人。扇子，灭蚊水，都没法将他们除清，恰象一个改良主义者没法解决社会问题一样。我们长夜不断地躺倒又爬起，有时狠狠地拍它一下，打了一掌血，感到了轻松的愉快！我为这讨厌的东西，作了下面一首诗：

　　　　遍身找不出半根骨头，
　　　　渺小得象一粒浮尘，
　　　　白天敛迹销声怕露面，
　　　　到处纵横的时候是黄昏；
　　　　侯门大厦钻不进，
　　　　一张嘴紧咬着穷人。
　　　　来吧！这里有的是好汉，
　　　　一腔热血还未冷，可是，
　　　　他们的眼一瞪，掌一伸，
　　　　会把你砸成齑粉！

　　有一天上午，是照例送菜的日子，家里给我送来了两个美国桔子，一瓶美国桃仁，一块象牙皂，一块西洋浴巾，看到这些东西，我知道我的妻子兰华回来了。现在我更放了心，老的小的有了付托，只是这副担子，对她太沉重了。

　　过了些时候，送菜进来开的一张单子，笔迹象是我的女儿写的，我知道她也从北平来了。当我被捕的时候，我有些挂念她，是否也受了特务的迫害？后来觉得挂念徒增烦恼，把心弄得更不宁静，所以就竭力地遏制这种想头，让它慢慢淡漠下去。等到和母亲见面的日子，才知道她仍留在北平读书。今天是第二次知道她的消息。

会审以后，我可以接受外面送来的书籍，但是我那个兄弟，因为知识水平太低，只给我送来一部《小五义》和一部《圣经》。圣经是好多年不读的了，现在一连气把《新约》读了七遍。

自从兰华回来，送进来不少英文书，我最爱读的是一本英文小说《海蒂》，我读了好几遍，只是那样的一种典型，为资产阶级解嘲不少。

这些日子，我们获得一连串的好消息！这消息正为蒋介石撞着丧钟！开封克服了，济南解放了，旧日西北军的朋友吴化文军长举义了。革命的洪流，已从黄河流域，冲到淮河流域，再一次的战斗，便是南京的大门徐州了。我虽然不幸地被囚在这里，可是革命的最后胜利，就在眼前，天快亮了！

坚守潍县二十二日之久的一位黄埔系的师长（他姓汪，名字忘记了）关进来了，他从潍县突围跑到徐州，他的军长被俘，有人告他作战不力，蒋介石就把他押起来。他给我们说着他作战的经验和整个胶济线战事失败的经过。他以为蒋的军事在胶济路上，象一条长蛇，先被切成段，然后一段一段地被吃掉。援军不敢进，因为谁进谁完蛋。王耀武为着保自己险，兵力不愿分散，所以在他指挥下的每一点被攻击时，只好坐视等待被歼灭的消息到来。他屡次叹着气说："今天跟着老蒋的军人，只有三个前途：一是阵亡，一是被俘，一是跑回来被关起来，早知道有今天，还不如阵上投降倒干脆。"说到这句话，带着些懊丧和后悔。

难友们和我说话的人多起来了，他们一面告诉我许多外间的消息，一面问着我对于未来时局的推测。他们说："老蒋有点手忙脚乱，机关的大大小小有些惊慌失措！战事是失败无疑，听说这里被押着的军人，有起用的消息。"说这话的人，面上浮出一丝微笑！

我们的监里，一共关了一百五十多人。一天午后忽然要把一半的人解到中央陆军监狱，整整忙了一个下午，被移送的人约有六十名。也和我们解来时一样的两个两个地铐在一起。他们颓丧地和我们告别，然后低垂着头被牵走了。据说他们的移走，也是与战事失利有关，因为有人给蒋说："最近军事失利，与政治不修明有关系，挽救之道，非大家振作不可。"因此，大胡子于右任（监察院长），敏感地也派监委来视察军法局的看守所，要看看办理是否有当，因为这与前方士气有关。

军法局长恐怕监房里人多，挤得不成样子，给视察的人挑了眼，因此就把这一批人临时解走。我们也因此被吩咐着将内务大加整理一番。监委老爷们果然来了，到每个监房的门前走了一趟。正在巡视时，一个调皮的十五岁勤务兵，在监房里大叫起来说："委员！我们吃不饱！"听说当时弄得那位看守长的脸上直发青，老爷们走了，这小家伙被调了号子。三天后，被解走的人，又照样地被解回来了。

八月二十九日的早晨，那位白司令，借着出来晒衣服，溜到我的房门口，隔着门上小窗户对我说："今天报上载着冯先生由美国坐船到苏联，在黑海上，船上起火遇难了。"我从炕上跳下来："什么？冯先生遇难？""是的。"他答应着。我倚在炕沿边的墙旁，低着头，"他遇难了！"心里凄然地这样念着。

从一份《新闻天地》的杂志上，我读到他遇难的经过，这时我才相信他真的死了！为了反蒋，我们相约，他去美国，我去北平，我对他寄着很多希望，希望他能把蒋介石的墙脚，狠狠地挖一下，后来听

126

说蒋吊销他的护照，准备回来，我相信他一定是绕道苏联，先去东北，谁能料到他竟葬身火里。

提到我和冯先生，差不多是三十年的关系了。他把我从一个宗教圈子里，领到教育圈子里，又领到政治圈子里。我参加革命阵营的工作，可以说他是主要因素之一，我们尽管在某些问题上有着不同的见解，争辩过，分离过，又重新工作在一起。但"饮水思源"，我忘不了他给我的影响与领导。自从我被捕，他在美国到处为我奔走，尽一切力量来营救我，还写信托人在国内营救我，却没想到他倒先我而死！我出狱后，许多朋友对我说："世界上的事奇妙得很，你是必死而不死，他是不应该死的而竟死！"

紧接着第二个恶消息来了！一个青年叫作鲍文霨的，也是这里神通广大的一个难友，他不断给我走私些报纸杂志和传闻消息。我们放封不在一起，但在他放封的时候，常常走到对着我房门的院子边，远远地向着我打招呼。有一天，他在院子里，伸出三个指头，脸上带着忧郁的神情对我说："听说你们的案子，将有三个人牺牲，你的事最近也要结束。"我的心顿时紧张起来，三个人是谁呢？已经牺牲了没有？他们又要把我怎样处置呢？昼夜地我为这个消息所困扰！第二天我托鲍打听更详细的消息，他在第三天对我说："以前那个消息不确实，这两天并没有被处决的人。"

我连着好几夜不能睡眠，喜欢看气色的王公玙对我说："这几天你脸上的气色，怎样这么幽暗，眼眶下还横着两条深深的黑线？""大概是快要枪毙了吧！"我不愉快地回答他。

九月十九日的早晨，天刚刚亮，就听见外面好多人的脚步声，在匆忙地走着，互相地邀约着，我的心里不觉地跳动起来，"外面的这个动作，是会和那个消息有关吧！"我这样想着。放封的时候，消息灵通的人纷纷传着："今早陆军监狱有人暴动，打死了五个人，受伤的不少，这里派了很多人去镇压。"我更迷惘了，这是怎么一回事呢？暴动？太奇怪了！谁在暴动？我们的朋友是不会这么幼稚的。

刚吃完了早饭，我的监门被打开了，我的名字被呼唤着，当我走到甬路上，梁蔼然也从对面来了，他用沉重的声调问着我："你想这是什么事？""不会是开庭，多半是宣判吧！"我这样地答复他。宣判，也许就这样永远地不回头了。在等着卫兵的时候，我重复走回我的房门前，向同屋的人道着："如果我不再回来，这是我们的永别了！""请注意我的遗嘱。"我的眼睛向吴望着。

当我们两个人一同被唤进那座"法庭"，那位姓方的法官，很严肃地坐在上面，脸上浮着一层黑影，低着头翻着几宗案卷，然后一看也不看地对我们说："你们全案判决了，因为你们几个人没有军人身份，我们无权处理，现在要把你们送到特刑庭，今天下午就要解过去，回去准备吧！"说完，递给我们每人一份判决书，他就走开了。我们转过头来，一面走，一面翻开那油印的判决书，蔼然吃惊地对我说："他们五个人完了！"我仔细一看，他们完了！完了！完了！我的腿象瘫痪了一般，倚在一棵树身上。

六、不朽的死

把革命带到牢里

在写五位烈士壮烈死难的事迹以前，我要把他们狱中生活叙述一下。

我和死难的烈士们，差不多都是在一九四八年九月二十七日被捕的，后来一同解到南京，一同送到军法局，也一同由"木笼大厦"搬到新建的看守所中。在这里同住了一个星期，因为有一大批军事犯要由各地解来，看守所容纳不下，就把所有这里的"政治犯"移回"木笼"去，在那里成立第二个看守所，除了我和梁蔼然两个人留下外，从此谢士炎及其他的朋友，就与我们分开了。

这次的分开，还有一个原因，是怕这一群"匪谍"和其他军事犯住在一起，会使后者的思想受到影响。他们看"匪谍"是一种可怕的传染病，唯一防止的办法，就是"隔离"，多么可怜的蒋介石啊！

将要解来的一大批军事犯，约有一百人左右，这些人，何尝够得上军事犯！他们多半是苏北的保安部队，或地方团队，还有少数的蒋家嫡系正规军，因为战败被俘，后来被解放回来，蒋介石既不敢把这些人编队，又不敢遣送回籍，最安全的办法，是把他们全关起来。

在一次的开庭和几次的放封中，碰到了这些"军事犯"。他们愤恨地告诉我："仗是没人打了，也没法打了，我们死的死，伤的伤，俘的俘，好容易逃回来的，老蒋还疑惑我们是替八路军来当侦探的，简直把人活活地给气死了！早知道他这么办，我们回来作啥？"听说这样的人数目很大，押在很多地方，这里只是一小部分。过了不几天，这批人也被怀疑有"思想问题"，送进木笼了。

在这一个期间，军法局要在全国好多地方建筑更大的监狱，南京建起了一座陆军中央监狱，地点在水西门外十里地方，能容三千人，计划扩大到一万人。谢士炎和一些朋友不久就从木笼转送到那里，留下董剑平和董肇筠几个人。这所"木笼大厦"后来就变成了特刑庭的看守所。

"特种刑庭"，是专为审理政治犯新成立的机关，这也是蒋的军事着着失利后的产物，因为国内外的民主人士和国内外的舆论，不满于蒋介石的特务政治，认为这样大规模地非法逮捕，非法处置，结果是更加紧社会的不安与动荡，因此蒋就又想出一套花样，成立这个特刑庭。以为这一来，全世界就可以相信蒋介石是在刷新政治，是在实行"法治"了。

谢等是在一九四八年二月间移到陆军中央监狱去的，在这里他们整整住了七个月，直到他们五个人被杀害。

我在这里，有同屋的人照顾，有家里的人照顾，有朋友照顾，蔼然也有个姓金的朋友照顾他，我们吃的用的，都不感到痛苦。谢和一般的朋友就不同了，他只有一个堂兄弟在南京，当着国防部特勤处的校级副官，经济自给还不够，能帮助他的自然极有限。田仲严有一个本家叔叔在海军部工作，如果有钱从北平寄来，这位老叔，就给他送些菜来。陈斌的太太，赶到南京在一个女中教功课，收入很少，能供给他的也不多。比较好的只有赵良璋一个人。其余的都是六亲无靠，一文不名，"僧多粥少"难窘的日子，和在宁海路十九号差不多。

听说每次大家送进来的东西，一顿饭就抢光吃光，后来陈斌改变了办法，告诉他太太多送咸菜和辣椒。老田这时候还没有眼镜，别人和他开玩笑，送来的肉，先吃了一大半，等到他要吃的时候，剩下的已不多，他常常怀疑那位老叔赚他的钱。因为人多嘴多肚皮大，咸菜也供不上，经常就吃着盐水泡饭。

牢里面比他们生活更恶劣的还多着呢！尤其是由各地解来的"匪谍"，日用品、手巾、牙刷、肥皂、手纸，这些东西，用不着说是买不起，连买一包盐的能力也没有。他们面黄肌瘦，遍体长着浓疮，长着虱子。寒冬，他们颤栗着，盛暑，他们溃腻着。人类幸福的伟大创造者，在这里付出他们更多的代价！

他们在这里是寄押，其余的人都是定了徒刑送来执行的，按照监狱的规定，每一个人一星期可以接见两次，他们也跟着享有这种权利。因此，谢有时可以见到他的兄弟和新由家乡来的一位伯母。朱建国的老父亲从徐州来见过他一面。赵良璋的朋友，不断来看他。只有丁行和石崝，从来没有来探望他们的人。

石崝没有一点接济，他是最孤苦伶仃。拖着肺病，经常咳嗽。我最后在会审的时候看到他，更瘦了。他需要营养，但得不着。背显出弯曲，说话的声音很低，深陷的眼珠，已失掉光采，短的黄胡须，生在惨黄的脸上，他好象深秋里的一片落叶，令人一见有说不出的凄然之感！

丁行的家在北平，他时常挂念他的家人在那里怎么活着？他没有一点积蓄，作事的时候，完全靠着薪水度日。他告诉我，现在照顾他家的只有一个当着小学教员的兄弟，但是收入养活一个人都不够，怎能照顾他的家庭呢！我对他说："徐惟烈不是和你很好吗？总不至于不管吧？"他哼一声，再没说什么。后来我回到北平，他的太太流着眼泪给我说："自从丁行被捕之后，家里没有吃的，就托人写个签呈给孙连仲，要求他批点米面给我们，签呈是请人送给徐惟烈转递，以为他是一定帮忙的。谁想到他把脸一翻，就将签呈扔给送去的人，并且发着脾气说：'我不管！谁叫他当共产党！'所幸多年相随的一个勤务兵，在外面摆个香烟摊，不时将一些赚到的钱送到家里来，其余就靠着兄弟接济。"我听到这里，更了解了革命为什么要讲阶级成份的道理。

有一天下午，我被放到院子里洗脸的时候，桶里的水，结成了很厚的冰，我惊奇地看着，昨天不是还暖和得穿着夹衣，怎么一夜的工夫，水变成了冰？太阳一出来，这块冰不是又要变成水吗？回到屋里，我写成下面一首诗，给徐这一类的人当象赞吧！

> 昨夜北风一紧，
> 你就变了心，
> 变得那般冷，
> 变得那般硬。

变得象今天的人情！

等到寒冬溜走，

等到北风不再吼，

你又变成了：

"一江春水向东流"。

同难朋友中，遭遇最惨的，要算谢士炎。他被捕后，有个朋友买了一张半飞机票，将他一家大小三口，送回汉口。他的太太借住在汉口一个亲戚家里，日子是怎样活着，没有人知道。不到半年，他太太忽然中了风，从此半个身子不能转动地躺在床上，终于在谢殉难前半个月死了。听说后来有一位家门姐姐，把两个孩子带回湖南去了。谢在得到这个消息之后，一直是痛苦着。

他们一共有十五个人，关在三间紧连着的监房里，三间房门白天经常打开，互相间可以随时来往。这是他们经过相当的奋斗才争取到的。他们坚强地、亲密地结合在一起，遇到任何一个问题发生，他们用一致的行动来对付，遇到任何一个看守员或看守兵，无理地侮辱他们其中的一个人，他们总是集体地起来反抗！同监牢的人，说他们："把革命带到牢里了。"

他们的生活过得很有规律，每天一早起床后，各人做着自己爱好的运动。洗过脸，大家开始读书，直到吃早饭的时候。饭后下下围棋象棋，谢的围棋最高，朱建国学得最快，陈斌的围棋也是这时候学会的，后来我们一起住的时候，他还教我们。午睡后又开始学习，晚间都是开"座谈会"，讨论着各种问题。

他们读着各种的书，历史与英文是主要课本，因为这里仅能得到这两类书，读英文的人特别多而起劲，陈斌和赵良璋都是他们的义务教员。终日朗朗地读书声，传到户外，传到别的监房，传到每一个人的耳朵里，同时感动着每一个人。全监的难友们，送给他们一个头衔，呼他们为"经院学派"。

一个革命的战士，当灾难降落在身上的时候，是该本着这样的精神去迎接的！

野狗一样的混帐东西

有人说蒋介石的统治，一无可取，只有特务组织，是他最大的成就。其实，他最大的失败，也是这个组织！

特务们向中国每一块土地上，伸出他们"血腥的手掌"。据许多他们里面的人透露出的估计，全国"政治犯"，总数为二百万人。

这只血腥的手掌在每个苦难朋友身上，烙上了一个深刻的印记，在每一个苦难朋友的心上，留下了永远忘不了的惨痛与愤怒！

在宁海路十九号的时候，老田告诉我，他受过特务们两种刑，抓进去头一天，捱了一顿手心，手心平面向上，指头和手腕，被皮条紧紧地捆在一只凳子上，先打十下，不招口供再打；再不招，就捆起另一只手来打；放开的时候，两只手掌肿得一寸高，痛得在地上乱打滚。第二天晚上又把他两臂向后，两手合并，两个大拇指用细绳拴紧，再拿一根粗绳子接上，用滑车拉起，吊在屋梁上，两脚离地数尺，有人推着来回摆动，痛得不知不觉地鬼号起来。这种刑叫"坐飞机"。他说着的时候，两手直搓着，脸上的肌肉绷得很紧，眼睛的视线落在地板上，他意识着当时的情景。

朱建国被压过一次杠子。他说那杠子有六尺长，五寸宽，两寸厚，叫他跪在地上，两手被绳子拴起拉平，杠子横放在他两只大腿弯上，两个人把绳子拉紧，两个人站在杠子的两端，用力地蹬着。如果这时候的答复不能使特务们满意，就再加两个人上去，有的时候就因酸痛而昏死过去。等到醒过来，已经不会站立了。我问他："你昏死过去没有？"他微笑着说："还撑得住。"

有人和小耿开玩笑，问他"为什么把好几省的主席都咬上了？"他愤怒地回答着："他们剥去我的衣服，不停地用鞭子棍子狠命地打，打得我忍不住地号叫，打得我遍体鳞伤，我恨他们，我用这样的口供来报复他们。"说到这里，他瞪直了眼睛，"他们见面没问话就打我，野狗一样的混账东西。"

陈斌不在乎地向大家报告着灌"辣椒水"的情形："我躺在板凳上，两手倒背捆在板凳下，头部垂在板凳头下，一个小子坐在我的腿上，另一个小子提着一壶煮过的辣椒水往我鼻子里倒，我打着喷涕，流着泪，呕吐，怪叫，最后昏过去。我一连被灌了三次，这个罪真不大好受。"他接着问我们："你们没尝到这种滋味吧？"后来一位年青而又健壮的小伙子告诉我（姓名我忘了），他被倒挂在梁上"坐飞机"时灌着煤油，事后整整三天不能吃东西，不能喝水。

在军法局看守所里，我每次在放封的时候，看到一间屋子里坐着一个红鼻子，有时伸出头来向我们瞧一瞧，他从来不出来散步。我奇怪他为什么那么孤癖？后来有人告诉我："他在上海警备司令部里，腿被打断了，行动不方便"，他的名字叫石明。

"'老虎凳'有时也能把腿弄断的。"当我问着另一个人关于石明断了腿的事的时候，小邱站在一旁插嘴说：他坐过这"凳子"，"比普通长凳子宽约一尺，叫一个人坐在上面，背顶着墙，两腿平直放着，身体和腿成九十度直角，用绳把大腿捆紧，动刑时在腿肚下垫砖，使脚向上跷，膝盖往下压，把腿上的筋伸长。普通一块砖已使受刑者惨痛哀号，填两块砖时，常常痛死过去。特务们常常狠毒地填到四块砖，硬将膝盖骨折断才松手。"说着的时候，他脸上的青筋紧涨起来，"我坐了老虎凳后，有一个月不会走路。"他把牙齿咬得咯咯地响。

那位替朋友打太太的青年，在院子里洗冷水澡时，很颓丧地给我们几个人说着他受过三次"电刑"，特务们把他绑在椅子上，通上电流，最初是骨软肉酸，渐渐混身麻木。每次他都死过去。等到松了绑，就立刻扑倒地上，半晌才甦醒过来。他叹口气接着说："在这里开庭的时候，我对法官说，请你不必问，问也不说，我希望是早死了好。"我同情地安慰他："你身强力壮，年纪又青，将来大有可为，何必这样悲观。"他感激地看了我一眼："电刑使我的生殖器已损坏了，我正嘱咐我的妻子，赶快改嫁去。"说完就低垂了头。

一个早晨，我在院子里，正看着墙外的树上，伏着一只绿色的啄木鸟，啄着一支树干。一张陌生的面孔，走到我身旁，很和蔼地问着我，"你是余先生吗？""是的，你怎么认识我？"他约莫有四十多岁，和尚顶，两条乌黑的浓眉，覆着两只圆小的眼睛，嘴上留着八字胡，不时用手两边捋着。他穿着一件蓝布长衫，白布长裤，黑布面的白底鞋，一个典型的商人打扮。他告诉我：他是安徽三河人，听说我是合肥人，大家是小同乡，他是给解放区做物资交流工作的，三个月前在上海被捕，受过十一种不同的酷刑，每次死过去都被凉水又喷活过来。他一面说一面伸出两只手，有九个指甲盖没有了。"这是特务们两次用竹筷插进脱掉的。"他解开长衫上的钮扣，指给我看他的两肋，有两块酒杯口大的黑疤，他说："这是特务们点着香头烧的，我的背上还有被烧红的烙铁烙的印痕。"他又撸起裤脚，在膝盖上现出两个大疤，肉色发红，"这是跪火链子烫的，"他继续地告诉我："最难受的刑法是生殖器里插猪鬃，要痛很久才能昏死过去。"

以后我和这位八字胡来往的很亲密，我渐渐地了解他是个地主出身的地下工作者，他的社会经验很丰富，尤其流氓社会的情形他最熟习，他参加过"清洪帮"，班辈很高，他不但秘密地结合了几名看守兵为他使用，他还能隔着窗户拉拢修理房顶的瓦匠替他到外面跑信。有一次他对我说："这几天接连着开庭，情形象是严重起来了，我有点不耐烦，我想来一次'大闹公堂'，去他妈的！给他们赶快地杀掉倒省事！"我拍一下他的肩膀："老汪，蛮撞没有用的，时局在加速的变化，有利的时机快到了，你还是和他们磨，千万别闹脾气，我们的损失，是敌人的成功！"我十二分同情地劝着他。

一个午后，我们正午睡的时候，被一阵紧促尖厉的怪叫声惊醒，随即听到很远的一个屋子里，传出乱哄哄地嘈杂喧嚷，后来有人边走边喊："找医官去！"我向一个看守兵打听这是什么事，他告诉我："智一号一个人发着羊痫疯，现在昏过去了。"我问："是不是留着两撇胡子那个姓汪的？"是的。"他回答我。

过了三天，我在院子里碰到他，他消瘦了，很疲弱地斜立在一片墙荫下，"你觉得好一些吗？这是不是老病？"我问着。"我以前没有这毛病，前天不知怎搞的，发作时我并不知道，事后有人告诉我，我才知道得了这个病。"我握了握他的手："你得把心放宽些，案子的事，最好根本不去想它，没有事多看点你喜欢看的书，把脑子整个占据起来。""余先生，你不知道吗？我一个大字也不识。"他对我微笑着。

我更加同情老汪，同时我想起在北平牢中，那位隔墙惨号着疯了的朋友，和这些为着革命遭遇灾难的朋友，他们的生命，是多么伟大而神圣！但我听到的和知道的，不过是其中最少最小的一部分，每天有成千成万的英雄们，正在被这群野兽们践踏着，折磨着！

五位英雄

生命，
是遮着
云雾的青天，
阴影会转眼消逝，
青天愈来得清朗无边。

生命为正义所充满，
它永远追逐着希望，
热情象裂开口的火山，
逝去的时光，
埋葬了重重的灾难。

任你刽子手的刀多么锋利，
也不能杀死半个灵魂，
死，会叫压迫阶级战栗，
死，是殉道者永远的胜利。

等到殉道者的生命，

化作荒冢草岗，

那旧的世界就消逝，

新的世界就茁长。

斗争是生命的花朵，

历史是殉道者的行状，

我们要坚决地向他们学习，

让历史写出新的一行。

象春雷一般响亮，象火山爆发时震动地高呼："打倒蒋介石！""共产党万岁！"有力的拳头还没有放下，一排枪响了，五位英雄倒了，鲜红的血象火光般地冒出来。他们静静地躺在那里，旁边站着的看守们哭了，哭了。一切听到这消息的人们都哭了！

这是九月十九日清晨七点半钟。在六点半钟的时候，他们分住在三个监房的五位，刚洗完了脸，还没有来得及开始读他们的早课，忽然那监狱的副典狱长，走到了他们的门边。有人一看见就说："今天有人要吃馒头了。"（吃馒头就是处决）朱建国坚定地说："吃馒头我一定有份的。"因为那家伙清晨一进屋子，便象征死亡之神的降临。他打开房门，头一个就点到谢士炎，接着就是朱建国和石嵘，三个人一声不响地昂着头走出去。

丁行住在隔壁的屋子，这时点到他了，他随口骂了一声："他妈的，我的遗嘱还没有写！"赵良璋住在第三个屋子里，他不等喊着他的名字，就把那件穿在身上的皮夹克脱下来，对同屋子的人说："一定是有我！谁喜欢这皮夹克，拿去当纪念。"他最后也被唤出去了。同屋的难友们，在惊慌失措中，不知道说什么是好。大家都睁着一双失神的眼睛，望着他们刚强伟大的背影，消逝在甬道中。

照例在死刑执行以前，要进行宣判的手续。他们被领到一间办公室里，站成一排。那姓方的军法官宣读了他们的判决书，什么"匪谍"，"颠覆政府"，"供认不讳"，"应执行极刑"。然后问他们有什么话说没有。谢士炎提高了嗓子对他说："你们今天杀我们，全国的民众会向你们清算的！"接着他们就写遗嘱，有好多人早已把遗嘱写好了，装在裤后的袋子里。另外一张桌子上，放着两盘菜和一壶酒，一个小碟子里盛着一包打开的烟卷。谢士炎和赵良璋各吸了一支烟。他们把遗嘱交付了以后，就被拥到监门外一片菜园地上。一个卫兵排长向他们发口令："跪下！"赵良璋回头啐了一口："混蛋！"那声音使卫兵排长震颤了一下。"要我们跪下，没有那么一回事！"这时他们就把拳头紧紧地握起，伸向天空。枪声和他们高呼"共产党万岁"的口号声交响在一起。

这五位英雄为人民而牺牲了。其中和我认识比较最久的是丁行。我们第一次见面，是在重庆冯先生的家中，他沉默寡言，在一大堆人谈话的时候，他永远是象一个小姑娘，坐在一旁静静地听着，很少发表议论，实际上他心里比谁都清楚。他革命理论的基础打得很深，思想的条理也很细密，他写文章很简单、朴实、清晰，有力，恰象他的为人。他是一个自己奋斗成功的青年，仅在小学里读过书，以后他当书记，做秘书，给人写八行，后来能给报馆写社论，他给自我学习的人，树立了一个好榜样。他在革命奋斗的过程中，遭遇过很多的挫折，他给三十军军长池峰城当过秘书，池的思想受他的影响很多，后来被特务们发觉了，要抓他，孙仲连和特务们商定了一个解决的办法，把他调在恩施软禁，而不移解，他差不多在那里度过半年不自由的生活。以后就始终跟着孙，特务们就始终在背后盯着他。他很廉洁，家庭的生活很清苦。在牢中常常为了家庭的生活发愁，有时对我说："不知道现在有没有朋友肯照顾他们。"他的太太在他被捕以后的一个月，生了一个小女儿，他和我在一块儿的时候，态度比在外面好象更活泼，说话也比较多些了。我鼓励他学英文。听说临死以前，他把开明英文读本读完了第三册。这样一位好学不倦、坚毅沉着，不屈不挠的战士，我们损失了他，是多么值得悲痛的一件事啊！

谢士炎是一个三十九岁的青年，"军校"毕业后，曾进过"军辎学校"，后来又进过"陆大"。他是湖南人，一个结实却不甚高的身材，皮肤很黄，两个光芒四射的眼睛，透露出他的聪明，果断，坚强。抗战初期，他在浙江衢州当团长，在那里和日本人打过一次光荣的仗，歼灭敌人两千多，并打死一个敌人旅团长。他当过第六战区的参谋处长。接收时，他被郭忏派到汉口担任前进指挥所办事处主任，他并没有发接收财，结果还被控告，关了两、三个月。因为这原故，他才北上，先当着孙连仲的高参，后来充任"绥署"第一处少将处长，管理人事。这时候我们才见了面，他对我很坦率，开门见山地告诉我他的政治认识，以后他把他和中共的关系，向我和盘托出，并且希望能和我合作，共同地把孙拉到民主阵营方面来，自然我极同意，因为这是我北来的主要任务之一。我们经常的交换着对时局的意见以及工作进行的决策。有时他到保定去工作，每次回到北平，第一个他要会见的人就是我。我在青年将校里，看到象他这样有才识，有革命性的，实在不多。他有文武状元之称。武，他能做大军作战计划，指挥部队；文，他能下笔千言，旧诗也做得气魄雄厚。他对于象棋、围棋、弹子、跳舞，可以说无所不通，无听不精，他为人侠义、豪爽、自奉极廉、家无隔宿之粮；急人之难，却是千金不吝。和朋友交往，极爱说直话，并且嫉恶如仇，凡是和他共事的长官，没有不爱他的才具而重用他的。孙对于他倚重的也非常深，当然对于他的见解，早有一种默默地共鸣。当谈天下事的时候，他瞭若指掌，滔滔不绝。在山东解放军采取分散的战略时，他曾拟了一个军事计划，向中共建议。在被捕前的三个月，他曾经要求进解放区去学习，当时以他留在北平为有利，所以这打算没有成功。他有妻子，一个两岁的女儿，和一个将要临产的儿子。他的太太，不幸在他殉难前六个月就得了半身不遂的病，死在他被捕的一周年的那一天。两个遗孤，今天被谁抚养着，还不知道。他对于他太太的死特别悲痛，但没有一个星期的功夫，他也紧接着牺牲了。他的死不仅是我们丢了一个朋友，而且是革命阵营里损失了一位有力的战士。

当我从北平起解的那个夜里，我和一个陌生人被铐在一起，我望了一望他，他也用一副极友爱的眼光看着我，并且紧紧地握着我的手，他那火一般的友情，象电流一样从他的手心，传到我的全身。这时他告诉我他的名字叫"朱建国"。关于他的事，石嶂曾经告诉过我，到了宁海路，我们又恰巧被关在一间屋子里，他不断地告诉我一些他的身世。他是一个二十八岁的青年，徐州附近的人，高高的个儿，说话老是带着微笑，潇洒的神形，好象他心里永远没有忧愁。他是"军校"毕业生，抗战初期曾只身跑进新四军的防区去投效，因为没有人介绍和证明，只好失望地走回来。在北平"绥署"任少校参谋，军调部还没有撤销以前，他经过一个什么人的介绍，就和徐冰取得了联系。后来上官云相在天津组织"前进指挥所"，他就被调到那里去服务。因为他的才具高，能力强，就被目为那里参谋处的台柱子。后来被捕的原因，据说是那一张被搜出的天津城防军事地图，是他送来的。他被捕以前，已经听到风声，便由天津跑到北平，可没逃掉特务的盯梢，在一种满不在乎的情形下被捕了。他说他有三个机会可以跑掉，但他没有跑，他明知他被捕以后，一定活不了，可是他一点也不理会。

他的记忆力最强，他在初中读的诗词，尚能成篇地给我们背诵出来，他同任何人都能相处得很好，他的性情是那般温柔和善。我给朋友说："他真是一个可爱的青年。"被捕以前他才结了婚，他的妻子正怀着孕。谈到家庭经济问题，他还在说："做一个革命者的亲属，穷困是不可避免的。"我认为他是一个很好的哲学家，也是一个慧根很深的"宗教家"，那种做人的态度，实在值得我们学习。他和谢、丁住在一起的时候，曾一连气读了四本英文，进步的迅速，实在令人惊奇，象这样一个前途不可限量的革命斗士，死得这么早，谁能估计到社会的损失是多么重大！

石峥在北平搬进我的监房时，他是多么疲倦，带着病态，不断地咳嗽，一望就知道是个肺病患者。他告诉我："有一次，我到你住的地方看你，没有碰到，后来因为身体不好，一直是病着，就始终没有机会在外面见到你。"以后他很仔细地告诉我，关于他和朱建国被捕的经过，他说："当朱告诉我，他要被捕了，我还和他一同下饭馆吃饭。及至他在馆饭被捉了去，我还不肯跑，并且还公开地进了陆军医院养病，三天后也被捕了。"我问他："你为什么不跑掉，以致于来受这个罪，这不是自找的吗？"他诚恳地承认并且恨恨地说："我的被捕的确是自找的。也自知是必死无疑，反正军人对于死这件事，原是无所谓。"象这样单纯诚朴，心里不绕弯子的青年，确实是天真可爱。他是河北元氏县附近一个村庄上的人，读过初中，没有毕业，就离开了家。抗战时他决心从军为祖国奋斗，在湖南当了几个月的兵，有点不甘心，秘密地就邀集了几位伙伴开小差，跑到广州，考入了"军校"。毕业后，一直跟着孙当下级干部，因为不满现实，认为蒋的统治是彻头彻尾的独裁政治，而且是要把一个民族领向死亡的道上。他是和朱建国一同去见徐冰，而参加革命地下工作的，这时候，他在孙的"绥署"第二处，以一个参谋名义，担任新闻室的工作。提到第二处，我就想起捕我的那个"向导"，他就是第二处的处长。第二处是军统在各战区绥署及行辕的情报机关。有一次我这样地问他："你不知道第二处与军统的关系吗？""知道的，但不入虎穴，焉得虎子！可惜我太幼稚了，当我工作的时候，常常口气中露出不满现状来，并且经常地谈着'左倾'的理论，读着'左倾'的书籍，因此被特务们注了意以致被捕。"他天真地告诉我："初生犊儿不怕虎，我是这样地牺牲定了！"我心里为他叹惜着！他不大多说话，性格很偏强。在牢里他很加意地调护他自己的身体。他说："如果不死的话，要靠着这本钱，好好地为大众的利益去干一番。"可惜一个革命的幼苗还未长成，就被残暴的刽子手给摧残了。

我并不认识赵良璋，当他和我坐在一辆汽车里，解往军法局去的路上的时候，他和我打了个招呼，并且告诉我他怎样知道我的一些话后，我才知道他是和我们同一个案子。他说着一口南京话，说起话来，爽快又坚定。我忘不了他在车上说的一句话："一颗子弹以外，不会再加上一刀。"这是多么刚强而英勇的一种态度。以后我只和他见过一次面。因为我们是分别拘押，平时是不会有机会碰到的。许多和他同住一起的朋友，后来告诉我关于他的许多事，他活泼，他能干，他谈笑风生，玩的事几乎没有一件他不会。屋子里有了他，别人就不会感到寂寞。他刚结婚不久，太太仍然孤独地住在北京。他在空军学校毕业，曾到美国受过训，和北京中共地下组织发生关系以后，一直是做着情报工作。也就因此而牺牲。他生前的工作，死后的影响，在蒋家的空军里起了极大的作用。

他们的死，使整个儿监牢震动了，每一颗心都激动了起来。

一个从刑场回来的看守兵告诉我："我们真难受，没有办法做什么，只有站在旁边看着，他们死的时候，挺着胸脯子，一点也不害怕，他们喊着口号时，法官的脸都吓白了，连忙摆手放枪。放枪的时候，我们靠着不远，几乎打着我们。我们知道，他们没有犯法，他们都是好人，国家为什么杀他们？我们真不明白！我们看到枪毙人的事太多了，惟有这次使我们太难过了，但也说不出道理来。"说到这里，他低下头去。

枪杀，对于他们，那是司空见惯的事。每一个人之所以被激动得这么厉害，都是由于烈士们在苦难中典范的表现。

一个共产党员所以能具有这么崇高的品质，并不是偶然的事，他有党的优良传统，有马列主义理论的培养，有组织上的正确领导，加上不断的实际斗争经验。因此，他就能变成革命中一个战斗单位，而整个的党也就成为革命的总动力。

他们死了，每一个人都清楚他们是为什么死的，每一个人也都清楚蒋介石为什么把他们杀死！许多人在政治上觉醒了，看到这流氓的政权，离着崩溃的日子不远了，杀他们，不过是泄愤，报复，象一只恶狗在死前向人咬一口一样。

他们为着革命，为着打倒这最大的汉奸、流氓、特务头子和他的反动封建集团，为了全民族的独立自由，为了人民民主专政的实现，为了全人类的解放和永久和平，流出了他们最后的一滴血。

永远的追忆

生命的消失，谁也不能把它拉转来；感情的留恋，反倒因死别更加深。我的一生碰到朋友牺牲的事多了，却没有感到象这一次的沉痛；一年来牢狱中的刺激也不少，但也以这一回为最深刻！我一动念，就想起他们；我一闭目，就看到他们。我觉得他们比生前更可爱，更伟大。我对他们的友情，比在他们活着的日子更加发展起来。

有两个夜里，接连我做着几乎相同的两个梦：一夜我看到他们五个人正在一个园子里散步的时候，突然一群野犬窜进来，围着他们咬，谢的腿被咬断了，朱的肠子被咬出来，其于三个人被犬咬倒在地上，还在继续被咬着。他们向我呼喊，我跑上去也立刻被这些野犬包围起来。第二天夜里，他们五个人被绑在一个村子中间，一座破烂的庙宇的柱子上，十几个凶恶的土匪，手里握着一柄雪亮的匕首，向他们的身上乱扎，他们大声地惨号着。我看到了，就在村子里一边跑一边呼救。等到我被睡在旁边的人摇醒了之后，看守兵也站在门外问着我："余先生！你魇住了吧！以后睡觉不要把手压在胸前。"后来同屋的人告诉我："你这两夜都是忽然地大声狂叫，这是积郁所致，还是把心放宽一点吧！"

中国革命阵营的英雄们，为了反封建主义，反帝国主义，反官僚资本主义，英勇的斗争，前仆后继地斗争，谢士炎他们正是在这斗争中牺牲的烈士！

他们在我们前面走着，是我们的先驱，是我们的榜样，是我们该追上的巨人！

他们是黑夜的明灯，天上的星光，将永久地照在人间，照在历史上，照在我们的心上。

他们的精神永远不死，永远地和我们，和我们的后一代，和我们的子子孙孙，永远地、永远地活在一起。

在他们被枪杀的第二天，天空流着一片热浪，我们在屋子里，感到气闷，身上燥得出汗。将到中午的时候，一阵狂风把院子里的天棚席盖，吹得翻过来，覆过去，壁架上的碎纸吹得满屋飞散，天上的黑云愈积愈厚，光线渐渐地昏暗起来，我们知道大雷雨将到了。不一会儿雷声夹着雨点象千万发炮弹射出来，地面浮起一层水纹，每一滴雨打成一个深窝。轰轰、哗哗一直的响着，这是千万人的怒吼吧！这是千万人的热泪吧！这是革命的巨潮，这是革命的进军！是时候了，天空啊！把你的裂口张得更大一些！豪雨啊！更有力地倾倒下来吧！我们的灵魂已经激恼了，我们的拳头已经握紧了，准备和你交流起来！冲击到人间！

　　　　不是浮云在长空飘荡。

　　　　不是微风吹在柳梢上，

　　　　一颗沉重的心头，

　　　　挤满了愤恨忧伤。

　　　　谁还能再缄默？

　　　　谁还能再忍耐着？

　　　　愤恨变成狂飙，

激怒响过雷霆，

把革命的巨潮带给人间，

把旧社会的污染洗净。

　　他们被杀死在陆军监狱的门前，他们被放进四块薄板的棺材，埋在附近的荒郊中。听说后来朱建国的父亲，赵良璋的家属，曾把他们两个人的尸体，重新棺殓一番。我们应当在南京解放后，将其余的三位也重加棺殓。

　　我们应当为他们和一切殉难的烈士们，分地建筑烈士公墓，举行公葬。

　　我们要建立纪念碑，纪念这些伟大的战士。

　　他们的生平事迹和死难的壮烈，都应当有详细的记载，编入国史馆的烈士传中。

　　我们要在每年定一天为烈士节，专为纪念他们。

　　他们的遗族，据我所知道的，除了石崝没有结婚，其余的都有遗嘱，并且谢士炎、丁行和朱建国的子女都很幼小，我们应当立刻在解放后去访问他们的家属，赡养和抚育他们。

啊！

烈士们，

安睡吧！

革命的责任，

落在我们的肩头。

啊!

烈士们,

安睡吧!

你们的亲人,

有我们来照顾。

啊!

烈士们,

安睡吧!

杀死你们的地方,

已经得到了解放。

啊!

烈士们,

安睡吧!

杀你们的人,

已经在通缉,捉拿。

七、特刑庭

热烈地握手

从军法局转移到特刑庭，这是一个大转捩点，生和死的分水岭。

他们为什么把我转移到特刑庭？这种决定是怎么造成的呢？后来有人告诉我，我的最大的威胁，是那一份会审后的卷宗。当它送到蒋介石的面前时，他可能在一怒之下，就把我的名字和其他的殉难朋友们圈在一起，来一个"一律枪决"。兰华告诉我说："有一天她去找秦德纯打听消息，秦就给徐业道打电话，问他案子批下来没有？"徐的答复是："已经批过了，有五个人枪决；余心清是移送特刑庭处理。"这消息使我的妻子放了心，朋友们也放了心。

我这一次的不死，好象一只饿虎吞着满口的食物，把一片咬不住的肉丁，从牙缝中漏出来了一样。后来有许多朋友以及我的妻子告诉我，由于各方面的朋友多方的努力营救，才有今天的结果。

在我被捕的当天，北京的朋友，尤其是许多大学教授们，都认为蒋介石和我的旧帐太多，既被抓进去，决不会轻易放出来。他们决定了营救我的路线，向蒋所依赖的美国方面想办法。他们用很迅速的方法，大概是通过美国领事馆，给魏德迈拍了一个电报，说是我这一次被捕，和与他会见谈话有关系，同时，给冯先生一个电报，请他火速设法营救。这样，我的被捕消息，听说第二天就在美国报纸上刊布出来了。

冯先生除了找魏德迈和马歇尔，请他们出面营救，并且招待新闻记者，把蒋介石逮捕我的经过、阴谋，大大的揭发，希望舆论来支援我。（他所发表谈话的内容，我到现在还没有看到全文。）他又和几个朋友商定一个决策，以为向蒋乞怜是不会有效的，只有把这件事的真相从各方面公开出来，去争取社会普遍的同情。我想，他是把战术上的一个原则在那里运用了。他开始到各处演讲，说明我被捕的一切经过，和政府的反动、阴谋。听说那些日子美国报纸对这件事的登载相当的多，社会的反应也相当地好。文汇报的徐铸成先生告诉我，自从我被捕后，冯先生在美国的态度更坚决，话说得更有力，那本《我所认识的蒋介石》也在这些日子中写成了。

兰华当时也在美国，她会见过魏德迈。魏德迈说他已经给在中国的司徒雷登大使和蒋去过电报。后来兰华接到司徒的一封复信上说，他为这件事和蒋见了两次面，蒋告诉他，我和共党的关系，已经抓到了确实的证据。不过，司徒向蒋要求，希望把我和一切这一类的案子付之公审，不要秘密处置。这家伙因为他的靠山，实际上为捞取美援，不得不有所顾虑，也许这就是把我从军法局移交到特刑庭的一种原因吧！

同我住在一起，有一位黄埔第一期毕业的贾伯陶，他被保释出去两个月后又"二进宫"。他告诉我说：有一次他碰见毛庆祥（蒋在重庆的军委会机要室主任）曾经谈到我的案子。毛：说"政府对于他的事，现在还没有任何的决定，因为顾到舆论。"究竟是哪一方面的舆论，我不知道。蒋介石的美国主子的舆论，或者就是他们最顾忌的一方面吧。

　　各方面的朋友，尤其是在南京的，他们用尽种种方法，在钻门子，找路线，多方营救，也是促成转移特刑庭的原因之一。但是我很清楚地相信，最主要的一个因素，还是解放军的胜利，弄得这好战成性的魔王惊慌失措，魂飞魄散，也许把我这个渺小的人，根本就忘记了，我就从他这"忘"的漏斗中漏了出来。

　　当我拿着一份判决书无力地走回监房的时候，同屋的人挤到我的面前，和我握手，抢着问我是不是宣判了？怎样判决的？"今天要转到特刑庭。"我慢慢地答复他们。"你一走开，我就跪下给你求了一课，结果是'上上'，我猜了你决无危险。"老吴得意地告诉我。"看你的气色，不象要遭遇危险的样子。"老汪插进来说。这时候，那门上的小窗户，露出两个看守兵的半个脸，几乎同时地对我说："余先生，你的事好办了，那里比这里好，只是我们有点舍不得你走。"我苦笑着向他们道声"谢谢！"

　　一方面收拾着铺盖和零碎，一方面想着那五位朋友；他们昨天还活着，今天却死了。他们把应走的路走完了，今后一切责任，都落到我们肩上了！

　　我斜倚在墙上，两只脚伸在炕沿边，紧闭起我的眼，想着每一个人，他们的模样，他们的声音，他们的心境，和最后一刹那间他们的英勇。

已经是秋天了，江南的秋天，太阳懒懒地晒在地上，树叶微微地在风里摆动。我在下午放封的时候，就有更多的人围拢了来，打听我今天早晨的经过。有的说："这是蒋介石丢掉济南想泄忿，才杀他们的，不然为什么不早下手，说不定我们也会碰上的！"那位游击司令拉我至一旁说："你走了，我们的情绪会更消沉的，但为你是好的，盼望以后多联系！"说着紧紧地握着我的手。

等到晚上，还没有一点要移解的迹象。第二天还是没有消息，这样一直等了八天。我有点怀疑特务们又在变什么戏法？自然内幕情形，我没法打听到，我给同屋的人说："我对于他们这种留客的盛情，表示感激！"

绵绵不断的秋雨，一连落了好几天，好象千万人的眼泪，在沉痛地纪念已死的烈士们！转移的前夕，甬道上响起了一阵杂乱的脚步声，还听见有人嚷着："我们没吃晚饭，肚皮饿着啦！"后来听说有五个人由陆军监狱移来，但打听不到是些什么人。

第二天的早晨，雨继续地落着，风带来寒意，我忽然接到通知："捆起铺盖"，我想这是转移的时候了。同屋的人忙着帮我收拾东西，吴送给我些湖南茶叶，汪给我四个罐头。除了一个铺盖卷之外，我的零碎东西，装满了一大筐。

这天是九月二十七日，巧得很，我是去年今天被捕，到现在恰恰一周年。

走出了监房，陈斌、谷新田、耿忠信、李恭贻、王光普五个人背着行李，站在甬道上，我们亲热地握手；这才知道昨天晚上来的人，就是他们。这时梁蔼然也来了，我们一共是七个人，现在是再一次的一同起解。

当给我们上铐子时，有一个看守兵激动地说："我去向看守长报告，要求不给余先生戴铐子。"还没等到我阻止他，他已跑开了。不一会儿，他低着头沮丧地回来了，远远地在一旁立着，我安慰他说："老李，你的意思我很感谢！戴着铐子走路，我以为是件体面的事呢。"说得大家都笑了。

一个看守兵替我背着铺盖，另一个给我提着筐子，我自己抱着一只暖水瓶，我们七个人分做四排走着，押解我们的，是一个歪嘴的看守员。

我们要先到特刑庭，然后才被送进看守所。特刑庭是在羊皮巷口，这样，我们得走过一条长的街道。雨象丝一样的细，被风吹落在我们身上，不平的路，泥泞的到处都是水坑，两个人在一付铐子上，谁也不能拣着路走。路上的人很惊异地看着我们走过去。

走到特刑庭，不到九点钟，办公的人还没有上班。我们站在院子里，等了差不多一个钟头，歪嘴才算移交清楚。等到另一个人出来点了数，他把我们的铐子卸下来，就带着看守兵们头也不回地走了。

开庭以前，我们被领进一间候审室，其实这屋子是两用的，我们坐着的地方，是小职员们的饭厅，中间隔着半壁木板墙，里面是间厨房。炊烟布满了整个屋子，象林间起的朝雾。我们笔挺地坐在很窄的长板凳上，象雾中矗立的林木。

看着我们的那个人，穿着长夹袍，袖口反卷着，露出蓝色的绸里子，右掌心滚着两个油光的核桃，四十来岁年纪，很得意地用一口扬州话对我们说："你们诸位到了这里，就和军法局不同了，我们这里是照着法律行事的。上个月有位姓董的，被判了死刑，他很难过，我们替他打抱不平，劝他另请一位律师上诉，他因为没有钱不肯请，我们大家凑了一些钱，给他请了一位薛律师，结果律师不收钱，案子是翻过来了，由死刑改判十五年。"伶俐的陈斌不放过机会："请你帮忙给我们买包香烟和一份报纸吧。"他陪着小心说："可以的，凡是我们能办的，瞒上不瞒下，都替你们做。"陈斌一连说了好几个"谢"字，后来知道这个人是特刑庭的司法警察。

我们差不多每个人都吸烟，香烟一到，大家"饿虎扑食"一般地抢起来，陈斌一气抽了三根，口里说着："真过瘾！"

买了一份新民报，每一个人都挤着抢先去看，消息是华东将酝酿大战，南下部队已逼近徐州，这是使我们多么高兴的喜报啊！

我们买了花生，买了糖果，每人还吃了一碗鸡丝面，大家吃得象过年一般地愉快。

侦察庭等到下午才开，两间大小的一个庭，靠墙的三面，围着长椅子，这是律师席和旁听席，正面一座二尺高的台子，上面坐着两个人，大概是检察官和书记官，我是第一名被唤进去，立在当中一张围着栏杆的小桌子前面。一个穿着黑衣服的警察懒洋洋地远远地立着。照例问过了姓名、年龄之后，又把那电报问题翻出来问一遍，最后他说："你的证据确实，我们要依法起诉的。"我心里说："你不敢不起诉吧！"不到十分钟，询问就完结了。

我们七个人都问完了，已经是下午四点钟，大家抽饱、喝饱、吃饱，老谷开玩笑似的对那穿夹袍的法警说："该上铐子，送看守所了。""诸位委屈吧！这是照例公事。"他老练地答着。小耿给我背着铺盖，陈斌替我提着筐子，我仍然抱着那只暖水瓶，我们又回到那久别的"木笼大厦"。

离开这里整整九个月，地方一点不陌生，只是感情变换了。我们仍然立在这"仁字号"的院子里等候点名和检查。从每一间笼子里，射着无数友爱的眼光，有的面孔我认识，有的不认识，大家心里似乎有一种情感在交流着："我们都是革命家庭中的人"。我远远看见了老董和老田，在仁二室向我招手，我们恨不能立刻拥抱起来。

这里的看守兵却不同了，一点军队式的习气都没有，很多是不满二十岁的青年，检查我的是一个十七、八岁的小伙子，面貌很和善，象个初中的学生，他检查得很马虎。当他拿去我那条裤带时，我对他说："我的裤子这般大，拿去裤带怎么走路？"他低着头，好象对地面在说话："他们叫我们这么办，不这样做，他们知道了，会说我们的。"他转过身子去，停了脚步，然后手一松那条带子落在我的足前，就走开了。我懂得他的意思，我拾起来，仍然系在腰上。

我被派到仁二室，里面住着二十人，一钻进笼子，老董第一个抢着和我握手，好久没放开，我们的四只眼睛互相凝视一会儿，他苍老了，接着是老田，和一切朋友。

这里一共有一百五十几位难友，仁字号有八十人，都是"英雄好汉"，在第二天清晨放封的时候他们把我包围着，伸出他们的手来，告诉我他们的名字，我们热烈地握手，我好象是他们中间凯旋归来的战士。

生命的洪流

还是和先前一样的木笼子，却不象先前那样沉寂和阴暗，现在这里面激荡着生命的洪流。

九个月前，我住在隔壁一般大小的木笼里，那里面是六个人，虽然相处不错，我总觉得他们不是自己人，好象中间有一条很宽、很深的鸿沟，将我们划隔在两面。现在这个木笼里，挤满了二十三个人，象沙丁鱼的罐头，连转动的空隙都没有，但精神上都感到异常地轻松和愉快，愈挤愈觉得亲密。

九个月前我住在这里的时候，我总是沉默，每天很少说话，只有冷笑，我不记得有过一次欢笑，现在：我开口了，不但每天话说的很多，笑的时候也很多，并且还唱起歌来。梁蔼然对我说："心清，听你唱歌，这还是多少年来的第一次呢！"

在九个月中，我过着比这里优裕十倍的物质生活，现在我要和苦难的兄弟们，分担着一副穷困的担子。这副担子，我一点也不感到沉重，反倒是感到愉快，我们中间洋溢着同志般的热爱，兄弟般的友情。

以前的日子，过一天比爬过一座大山还艰难，现在却感到太阳向西边落的太快了！

我住的这笼子里，二十三人中，除了我们北京一案的五个人外，一个小学教师，一个歪脖子的商人，一个年青的裁缝，和其余的苏北农民。其中还有一个神经失常的，罪名是八路军"上校参谋"，其实他一个字也不认识。

歪脖子姓莫，安徽无为人，中共地下干部的经济工作者。他的脖子向右偏，有人和他开玩笑说："你既然左倾，就应该脖子向左偏。"他被宣判了十年徒刑，当宣判的时候，审判官读完了判决书，照例地问他："你有什么话要说的没有？"他回答道："没有别的话，我们将来在'人民法庭'见面！"那家伙有点吃不消，把眼一瞪："看样子，你倒很厉害。""厉害！真正厉害的不是我，刘伯承，陈毅，比我厉害的多了。"他歪着脖子倔强地答复他。

那个裁缝，二十来岁，瘦弱的身材带着一副失血的脸，不大说话。他是来往苏北解放区的"引路人"，也被判了十年徒刑。他是与轰动南京的学生大捕捉案中的朱成学、李裴、华秉清三人一案的。他每天天不明四点钟就爬起来，拿起一本书，借着挂在笼子外面的一盏电灯光读着。"你这样早起的学习，睡眠不是不足吗？"我这样问他。"每晚八点睡觉，我已经有了八小时的睡眠了。"他很安详地答复我。白天，他是照样地低着头念书、写字，他象是在珍惜着牢狱中的每一分钟。

　　这里放封的时间比军法局看守所长，每天两次，每次三十分钟。我们放完了，就轮着女难友们。在我到这里的第二天清早，散步的时候，碰到了那位绝食的八路军。他消瘦多了，面色焦黄，生着一身疥疮，我很感动地问他："你的身体怎样？你的案子判决了没有？""很好，案子也定了，他们判我无期徒刑，这算不了什么，我以为无期徒刑和一年徒刑一样，战事在一年内就可以结束，将来大家总是一块儿出去的。"他胜利地微笑着。后来别的朋友告诉我，他在这里又绝过一次食，健康受的影响很大！

　　有人指给我一个大个儿，四十来岁年纪，披着一件烂大氅，踏着一双破布鞋，说："他就是李政宣的兄弟李玉甫，是在西安被捕的。现在已经判了死刑，正等候中央刑庭的复判，但他和他的哥哥却迥然不同了，他是个坚决勇敢不折不扣的战士。"听到这里，我心里非常激动，我走到他面前和他握一握手，对他说："你的沉着勇敢的态度，叫我太敬佩了！"他微微地笑着说："他们杀我的事，是我早就预料到的！"

　　我们说话当天的晚间，外面落着深秋的雨，忽然听到一个人边走边嚷着："李玉甫，恭喜你，你的复判刚才送到，已改为十五年徒刑了。"大家听了这个消息，不约而同地鼓起掌来。我们同屋的人并且要我题一句祝贺他的话，大家签名在上面，我就写了一句："我们衷心热烈地向你致贺"。他们告诉我那报信的人，是这里的看守所所长，为人很好，也很同情我们，只恐怕他干不久，果然不几天，他就离职了。

我们这一群人，一共住了紧连着的两所院子，就是仁字号和勇字号，我们的后窗户，直通着勇字号的院子，每次他们放封的时候，我们的每一间窗子外，挤满了交换"情报"的人群，一切"公文"和"邮包"，也就在这窗缝的小孔中交流着。

我到这里的第二天，那留着八字胡的汪姓朋友和红鼻子都走到窗口下和我打招呼，他们是一个月前由军法局移来的，随后汪给我送来了一大碗肉丁辣椒酱。

骆宾基也住在后面，他是先我两个月在东北被捕的，今年七月间解到南京军法局。我们虽然被关在一个看守所中，但他和另一个同案的人，被神秘地隔离在另一个院子里。当时我知道他来了，只是没办法和他通消息。他在两星期前被转移过来，我们隔窗相见，我把一只手从窗户中伸出去，和他紧紧地握手。

第四天的清晨，我们刚收了封回到屋里，一个湖南籍的看守员站在笼子外，对我和梁蔼然说："你们两人，要调到后面勇字号去。"我有点愕然，为什么要调号子呢？自然，同屋的人，都不愿意我们两个人离开，老董自告奋勇地去向那家伙要求不必调，结果是失败了。这时候大家纷纷议论着这调的原因。老田很机警地对我说："这恐怕是你给一些难友送东西的毛病吧！"老董劝我以后要谨慎，这里面依然有不少特务在注意着每一个人的行动。

我们把行李收拾好，老董商得看守的同意，推了两位同屋的难友，替我们搬家，我们很凄然地和大家握了手，有些难舍的样子。

我们被派到勇字一号，陈斌在这个笼子里，笑嘻嘻地说："我们早就盼着了！"

这间笼子，关的学生特别多，中大的，金大的，美专的，蒙藏学院的，语言学校的，还有与我们同案在西安和东北被捕的几个人，也有几位苏北的农民，一共是二十七个人。

我们到这新地方，并不感到生疏，很快地就熟识了。放封的时候，大家象家人久别重逢一样地问短问长。汪和红鼻子和骆宾基，小耿、老顾、李恭贻，我们更加高兴地能聚在一起。

这几天大批的商人被抓进来，大批的学生被放出去。这证明蒋介石已是在手忙脚乱，他的整个政治和军事局势，正在加速地崩溃着！

有一般人为了挽救蒋介石最后的命运，号召什么"教授参政"、"教授组党"，司徒雷登更是热烈推动这运动最有力的一人。因此，蒋介石为了敷衍他干爸爸的面子，就不能不在形式上放松一把，在这一松之下，除了少数"罪在不赦者"外，大批被捕的学生，就叨光放出了，我们这里，在一星期内，放出二十多人。

同时，蒋介石为了向人民骗取黄金美钞，强迫以金元券兑换，许多商人就象应时的"黄鱼"，加上一个"经济汉奸"的头衔，被抓进来了。什么鹤鸣鞋店的老板，酒铺的掌柜，杂货店的小伙计等等，一起"请君入瓮"。听说他的儿子蒋经国在上海干得更凶，各大都市，云涌风起，趁火打劫，向来最善于适应环境的商人，象瘟疫一般的灾难，今天也落在他们的头上。但是不到一个月的功夫，又因"此路不通"，而以一纸命令统统地释放了。被押的人，总算是碰见鬼。

关在这里的人，除了这批"经济汉奸"，也不尽然都是政治犯，许多冤哉枉也的人，被那些吃饱了没事干的小特务们，当作了销差的报告，并且还可以邀功请赏，而抓来了。抓到之后，不分青红皂白，先打个死去活来，然后逼迫招供，然后加以"匪谍"的帽子，然后送交特刑庭，然后被判徒刑。

关在勇四室的一个年青小伙子，也以"匪谍"的罪名起诉了，说他："不时徘徊于某要人之门前，意图刺探消息，供给'匪方'情报。"他最初还向同屋的人隐瞒着他的身分，等到要托人写辩诉状时，他才告诉大家："我是京沪一带著名的扒手，外号叫'金娃娃'，专扒五一型派克自来水笔。在京、沪两地，开了两爿自来水笔店。这次，因为要扒这位要人的笔，而被怀疑成'匪谍'被捕了。"后来同屋的人请他表演两手，据说他的本领的确不坏。

和我住在一起的，就有两起骗案的主角和两个被骗的冤头，也统统以政治犯的身分关在这里。

一个是三十岁左右的青年，名叫杨××，他穿着一身空军制服，冒充空军教官，专事敲诈勒索，后来被"空军司令部"查出，说他是做情报工作的"匪谍"，关了些时候，因为没有军人身分，就送到特刑庭来。后来听说解放军进入南京，他又冒充陈毅将军委派的空军司令，到处接收而被捕了。

另一个案子是一个穷极无聊的军人，勾串了一个教育部的科员，向一个汽车行老板和一个美国空军材料库库长姓胡的骗财；这军人冒充蒋介石警卫旅少将旅长，叫那个科员冒充朱家骅的代表，说朱要进行倒蒋，需要大批人员，赴各省做政治联系工作，希望他们两个人参加，并且因某项急用，要他们垫借两千万元。这两个官迷心窍的傻瓜竟然入彀，后来知道上当，就告到卫戍司令部，结果，他们统统被抓起来，还被压了一顿杠子。最后送交军法局，审讯后，把那个军人押送陆军监狱，这三个没有军人身分的，就以"图谋颠覆政府"的罪名而送到这里。

在一个初冬雪天的早上，我们在院子中刚洗完脸，看见铁门外的甬道上，走进一批十一、二岁的小孩子，两个、两个地被铐子铐着，还用一条长绳串着，好多是穿着单衣破裤光着脚的。他们边走边骂，押送的兵们不断地用藤条抽打着他们。我们都呆住了，互相地问着："难道他们也是政治犯吗？"不一会儿，十一个孩子分送到我们的勇字号来了。

这些孩子，都是街头的流浪儿，只有一个是蚌埠到南京的火车上跑单帮的。因为特务们捉到一个孩子，硬说他是八路军的放火队，苦打了一顿，叫他招认，并且要他再找出十几个共同放火的孩子来。他被打不过，就领着特务们上街，碰见的就说："这也是。"这样，不大的工夫，就捉到十一个。那个跑单帮的也赶上了。

他们被送到宁海路十九号，我们曾经住过的地方，在那里关了一个多月，因为无法处置，也就以"奸匪放火队"的罪名送到特刑庭。最先被捕的这位"队长"关在仁字号，其余的都在我们这边，因为怕队员们打队长。

有一天晚间，雪象鹅毛似地在天空飞舞着，我们差不多都准备躺下了，忽然一个看守领着一个孩子，送进我们的屋子，并且告诉我们："这小子是真正的放火队！"大家以一付惊奇的眼光注视这孩子，他恐怖得一声不响，脸上发青地立在我们中间。他约莫有十二岁，长得非常清秀，态度也很沉静，一望就知是个受过教育的孩子。他穿着一件灰色的夹衣，里面衬着一件蓝布大褂，罩着一件短棉袍，腿上套着一条黑布棉裤，下面拖着一双前后打满补钉被泥水浸湿的鞋子。好多朋友拿雨点般地问题向他问起来，他迟缓凌乱躲闪地答复着，我看出这样谈话是太为难了孩子，我就向大家提议，"好不好先让他休息一、两天，因为孩子的神经过分地紧张了。"我们让他坐下，给他一杯热开水，搬出我们可能找出的饼干和糖果，他吃饱了，当天夜里，就睡在我的脚头。

过了两天，这孩子和我们混熟了，神经也恢复了正常，他才告诉我们被捕的经过。他是常州人，一个小学六年级的学生，他的父亲在"总统府"当秘书，他很小就过继给舅父，最近他的舅父因贪污的案子关在监里，因为没有照料他的人，他就被送到南京他父亲这里。他的母亲脾气很坏，不大喜欢他，并且时常打骂他，因此他就想找个机会跑回常州去。有一天中午，家里来了客，他父亲给他五块钱，叫他拿个玻璃瓶，去打酒回来。他一出门觉得这是机会了，他买了三块钱的大饼，吃了一半，把一半放在大衣的口袋里，沿着市内的火车道走到京沪路的铁道上，他想这样地向前走，一定可以走到常州。当他走到尧化门车站附近的时候，天已经黄昏了，这时候村头的一个草堆忽然着了火，他远远地望着，被乡里人发觉，看到他手里拿着瓶子，装束又不同，以为这把火，一定是他放的，于是就把他捉起来，送到火车站上的宪兵那里，经过一番吊打之后，硬要他承认放火的事。他起初还否认这件事，后来从鼻孔里给他灌了一次凉水，并且哄骗他说："你若是承认火是你放的，我们就送你回常州。"他以为一承认，就可回常州，这是多么好的事，他承认了。这样，他就被解到城内的宪兵司令部，又从那里送到这里。

有好几天，天气一直阴沉着，一个晚间，北风飕飕地刮着，我们早早地都躺在被窝里，刚听有些人的鼻孔里的鼾歌，忽然外面拥进好多人来，看守们忙着开笼子，除了我的笼子没有人进来，其余二、三、四、五号都住进三、四个人不等。乱糟糟地喧嚷一大阵，有的笼子吵闹着挤不下了，有的忙着腾地方。新进来的人直哀告着请大家关照，并向看守们要求被子，当然，被子是弄不到的。我们敲着板壁，打听这些客人的来历，后来知道他们统统是在苏州被捕的，押在常州，今天是从常州解来的。

第二天清晨，我们见面了。他们都是二十岁上下的青年，有两个只有十七岁，好多是中学的学生，四个人是小学教师，一共解来的是十七个人，两位是女性。他们由于不满现状，要求学习，就组织了一个"群社"，因为没有经验，热情表现得过分幼稚，社里设有什么组织部，研究部，宣传部，政工部，不到三个月就被破获了，被捉的一百多人，经过几次谈话后，我觉得他们天真得可怜！他们对于政党的知识很少，所以把组织弄得极其庞大，好象是个怎样了不起的革命活动。问他们为什么这样做？他们也说不出道理来，一切思想举动，完全是一些中学生的意识。后来他们中间有三个人搬到我住的笼子，我们更熟悉起来。发现他们是一群真理的探险家，为了追求真理，就不顾一切。怎样做？不管！后果可能是什么？也不去想。他们有些地方很象圣西门和傅丽叶的空想社会主义。他们互相间的团结很坚实，吃的、用的无论是谁家里送来的，都集中起来，由服务部的负责人分配。

今年冬天，气候冷的特别早，冷的也特别厉害，好多难友们，在风雪交加的日子，穿着一身单衣，颤栗在院子里。特别是这些孩子们，用颤抖的声音向你哀告着："给我一件衣服或一双袜子，一点咸菜或一张邮票。"这些乞怜的呼号，会撕碎你的心！

"生活"在这里，是奏着苦与乐的交响曲。

　　每天两顿饭，每人分到一小碗菜汤，提到这菜汤，不但有诗意，而且有画意，淡淡的咸水里，漂着几片菜叶，好象一缸清水里，游着几条金鱼。

　　吃饭的时候，常常有人和管理伙食的人打吵子，因为饭的量被削减，每人分不到两碗。有时也因为饭里的水分太多，分量够了，质太少了。

　　每人两碗饭，大多数难友只能半饱，所以每顿吃饭的时候，屋子里的人，要轮流值班盛饭，饭要每碗盛的一般多，免得多少不均。我曾建议过好几次，盛饭不必有人值班，让大家自觉地按照定量自盛，他们都反对我这个意见，怕做不好，反到增加纠纷，因为别的屋子，常为盛饭的事大打其架。

　　吃饭的时候，每一个屋子，分作好几组，各组围成一个小圈，菜放在中间，有蹲着吃的，有坐在被子上吃的。每组吃的菜，是有差别的，有人反对这种不平均的生活，要想把各组从外面送来的菜集中分配，免得苦乐不均。但是这个办法，始终行不通，自然没有菜吃的人，经常是被照顾着的。

　　手中有几文钱的人，时时在泡制着自己吃的咸菜，最普通的咸菜，是买几斤白萝卜，切成丝，加上盐。还有人买些咸胡萝卜拌在酱和辣椒里的，若是再加上一些花生米在里面，那就更美了。这些菜做一次，可以吃好多日子。

　　每一间屋子，都有一块切菜的小木板，这是经过以前的人惨淡经营，才弄到手而遗留下来的，刀子差不多每组有一把，把罐头上面的圆铁盖子挖下来，用圆盖的半面卷起当刀柄，半面作刀口，这比我从前磨牙刷把做刀子又进化得多了。

这里抽烟的人差不多占百分之九十，烟的一部分来源，自然是从看守手中得到的，另一部分是有人去开庭时带回来的。抽烟所用的火种，却没法象在军法局看守所中那样，可以从诊疗室弄到灰锰氧，但这里却有更高明的办法，这办法不知道是谁最先发明的。用一个牛角扣子穿上线，线的两端，套在两个大拇指上，把它旋转起来，和一个装咸菜砂制的缸罐，或一个万金油铁盒子一摩擦，立时迸出火星，燃着纸捻，问题就这样解决了。

我们以加倍的代价，每天弄到一份走私报纸，各屋子轮流地看。看的时候，每个屋子推派一个人读，读完了再给同屋的人报告，这样报纸就可以很迅速地转到另一个屋子去。为了避免看守员的注意，读的人背向外，面对着后墙的窗子，假装读书，其余的人给他作掩护和放哨。如果有人来查，就用轻微咳嗽的暗号，他就很快的把报纸转移到预定收藏的地方。有时放哨的不是我们，而是我们政治工作做成熟了的看守兵。读杂志也是一样。因此，我们都变成了"秀才不出门，能知天下事"了。

我们中间有几位青年朋友，对于在看守中做政治工作，具有卓越的能力，差不多每一所院子里，都联系好了两、三个看守，为我们工作，他们不一定是为了钱！那位留八字胡的朋友，他在这里收了两个看守做干儿子，和一个看守做徒弟，他的政治工作是利用帮会的关系做的。

笼子里一件日常令人最头痛又难受的事，算是马桶问题了，一个三尺直径，三尺五寸高的马桶，放在炕头的一个地坑里，二十七个人在二十四小时中的粪便，都集中在里面。如果按每人每天小便四次大便一次计算，这样就有一百三十五次，平均每十分钟要把马桶打开一次，每次打开，臭味会熏得你要呕吐。

我在这里，碰到更多的青年朋友，他们的思想，他们的活力，他们的热情，叫我深深地感动着，这些伟大的生命，才是革命向胜利的道上迈进的最有力的保证！

有一位朋友叫作季华麟，是在西安被捕的，他是一个自学成功的无线电专家，做过西安电信局的科长，当过那里无线电训练班的主任，他每天清晨起来最早，这时大家还偎缩在寒冬之晨的温暖被筒中，他却裸着身体，用一盆结冰的水，洗起冷水浴来。他告诉我说："我的身体不好，冬天容易咳嗽，冷水浴治好了我许多毛病，现在已经练习了十多年，从未间断过。"从这里就看出他的坚忍和毅力来。他瘦得象一块枯柴，但结实得象一块生铁。一双科学家的眼睛，永远在搜索着问题。他每天很忙地进行着有计划的工作，他的太太，每隔两个星期，从常州乡下坐火车来看他一次，给他带来一些咸肉，猪油，辣酱。这些东西一到手，他就立刻分配给同屋的人，豪爽慷慨没有一点吝啬的伪装。他在阳历年前就被释放出去，过不到半个月，他给我们从乡间寄来金元卷二百元，一半给仁字号的老董分配，一半给我们这个笼子的朋友，我们把他这笔钱，全买了咸胡萝卜和酱，分给各屋子里没有接济的难友们。这笔款子虽不大，但从一个被因而失业的寒士手里拿出来，是多么珍贵的一种侠义的友情！随后他又为没有寒衣的难友们募来二十套棉衣，可惜这些棉衣都被那狠心的看守所长没收了。

有些青年们，是在一九四八年五月被捕进来的，他们始终保持着革命青年的英勇恣态，不屈不挠，不灰心，不丧气，不悲观，脸上永远是堆着微笑，说话永远是充满了希望，并且热忱地为每一个难友的事服务，遇到看守所中对难友们发生任何一桩不合理的待遇，反抗时他们永远是站在最前面。有一次，朱成学偷读一本杂志的时候，被一个叫作潘华强的看守员查到了，正要拉他出去处分，同屋的人立刻起来声援，一致高呼"浑蛋"！"狗爪子"！"滚开"！把每个有力的拳头从木笼缝中伸出去。

我被调到勇字室的那一天，一走上木炕，就看到架板上堆起的罐头，象个罐头公司的厨窗，后来他们告诉我，这都是在外面的同学送来的，同学们为他们组织了一个后援会，一知道他们的地方，就立刻派遣代表来送东西、慰问，自然是不许他们见面的。并且当时情势非常严重，同学们来的时候也是万分冒险，很可能被牵连进来，但同学们勇敢地来了，希望也被扣下，好和他们作伴。

每天清早放封的时候，他们在院子里跳着，跑着，好多人学会了打太极拳，因为小耿的爸爸是位练过十年以上的专家。蹲在笼子里的时候，他们常常两个人练着推手（太极拳），我也在他们的影响下，温习着我这套许久不练的武艺。

他们学习的精神特别值得敬佩，上午多半读政治学、经济学和英文一类的书，下午读小说和杂志。单在我所住的屋子，他们陆续运进来的书，总在百本以上，记得在我们转到监狱那天，他们的书装了满满一大箩筐。

为了鼓励学习，交流读物，他们把笼子里每一个人所有的书籍，都登记出来，编成号码，组织了一个流动图书馆。这样，每个人都有书读。如果有人需要读的书是这里没有的，还可以替他想办法从外面弄进来。有些读物，是大家共同要读的，我们经常是围个大圈坐着，请人轮流地朗诵，大家静静地听着。

这些日子，解放战争的胜利消息，象潮一般地每天涌进来，我们偷偷地制成一面地图，用红蓝铅笔标出敌我的地势，并且根据这个，推测着下一步的攻势在那里。自然，我们最渴望的是解放军迅速地渡过长江。

每一个政治上新发生的问题和情势，被我们每一个人热烈地讨论着，获得了结论之后，就在放封的时候，和别的屋子中的人交换着对于这问题的意见。有时，某一个问题，急迫地需要全体的意见，我们就敲着板壁传达消息，很快就收到综合的意见。

一到傍晚，每一个屋子差不多都举行晚会，有的是漫谈，有的是讲故事，有的是自我介绍，有的是唱歌。如果碰到难友中有人在明天要放出去，我们就开一个送别会，大家把手中所有的糖果、花生米统统拿出来，会上有致词也有答词。

提到唱歌，五花八门，无奇不有，梁蔼然会唱京腔，陈斌会唱英文歌，青年朋友们特别喜欢唱民歌和流行歌曲。女难友们唱歌的兴趣更浓厚，他们好象不停息地扬着歌喉。他们隔着板壁教给我们很多秧歌，看守们不知道这是违禁的歌曲，他们也跟着唱会了。

蒋介石以为把我们这一群人，逮捕起来或杀掉，"乱子"就没有了，那知道，"野火烧不尽，春风吹又生"的革命力量，正在茁长着，锻炼着，更坚实地发展着。

感念与愤怒

十七个月的牢狱生活，一点一滴地都在记忆中留下了不可泯灭的印象，许多感念，许多愤怒。尤其在最后的日子感念更深，愤怒也更多！

笼子里每一间屋子的面积是十二方尺，这次我住的是仁二室，里面早已挤满了二十一个人，照例最后进来的人，他的位置要放在最外边，紧靠着那个可怕的大马桶，我和蔼然进来的时候，却被放在西北风吹不到的靠紧里面的一个角落里，他们告诉我："这是我们商议过的，并且一致决定要你们在这里。"听了这话以后，我们是多么不安，因为我们和好多人并不认识，受这样的优遇，感到过分的荣宠，我们搬到勇一室的时候，那里的朋友，也是同样地照顾我们。

住在每一个笼子里的人，都要轮流值日，任务是扫炕，倒痰桶，盛饭，饭后擦地板，并且每一个人每月轮流倒马桶一次，每次要倒五个屋子的马桶，每只马桶的重量有一百多斤，两个人抬，要抬到很远的一个粪坑去倒，倒的时候是清晨六点钟以前，是冬天天不明的时候，这些工作，当然是我应当做的，但每次值日和轮班倒马桶的时候，都被同屋的朋友替代了。

因为每人睡的地方，只有八英寸宽，所以白天必须把铺盖卷起，晚间才打开，不然屋子里就会没有插足的地方，许多年青的朋友，连这一点铺叠我自己铺盖的劳动都不让我做，我感动地对他们说："你们这样地招呼我，是会把我变成世界上的一个最大懒虫。"

我的视力一天比一天地衰弱下去，加上笼子里的光线不足，差不多任何书报，我都不能阅读，我想读的东西，都是朋友们给我念，有时是几个人轮流地给我念，同时我所爱好的读物，不一定是别的人所喜欢的，在念的时候，我看到了他们所有的忍耐。象象棋、围棋这类玩的东西，我一件也不会，因此，我愿意读书的时候，给我念的人就要牺牲他们娱乐或自修的时间。

最使我感动又惭愧的一件事，就是我在今年冬季得了很重的筋骨痛的风湿病，又加上慢性的气管炎。如果夜间因着小便爬起来，就会立刻地更厉害起来。所以我把一只盛两磅奶粉的玻璃瓶，放在身边，夜间当便壶用。当我在清晨拿出去倒的时候，总是被朋友们抢去给我洗了。有两位青年朋友在洗的时候，还拿出自己的手帕去擦净。我站在一旁，感激得想哭出来。

我到仁二室的第二天，老董告诉我，住在仁一室的女董，（北平同时被捕的有二董，男的是董剑平，女的是董肇筠。）要我把需要洗的补的东西送过去，她愿意给我做，过了两天，老董又告诉我，一位王太太，也愿意给我做这同样的事。这位王太太和她的丈夫，与我们差不多同时在西安被捕。她的丈夫在胡宗南的司令部里当少校副官，被捕后，送到南京，在宁海路十九号住过一个时期，从那里解到军法局看守所。当他们解来这里的时候，是一个雨天的下午，我从窗子里看见他们夫妇和两个孩子还有另外一位女性。他们没吃晚饭，孩子直嚷着饿了，我知道他们住在隔壁的监房，就托看守给他们送去一些饼干。住了一晚，她的丈夫被送到中央陆军监狱，她们和孩子就移解到特刑庭来。

在我刚进来的那几天，一大部分学生被放出去，有一位四川籍的中大女生，愿意在出去以后，到我的家里和一些朋友地方联系一下。我们就约下一些通信的暗号和代名词，我也写了几封信托她带出去。她很忠实地在外面替我办了好多事，并且给我送进来好多我所急于要知道的消息，直到她回川的日子。我最感激的是在她刚被放出，就那么勇敢地在外面给我奔走，万一被特务们发觉，很可能又被抓起来的。

自从我和家庭通了消息以后，差不多有一年没有断过接济。我的家庭很穷，自然是没有力量来供给我的。这么多日子的一切供应，都是外面一般革命朋友所凑集的。张雪岩和吴晗一些朋友，在北平照顾了我的女儿。谭惕吾、陈铭枢、曹孟君、刘仲荣、于振瀛一些朋友在京沪经常筹划维持我的生活。从中来往联系的是我的一个学生蒋岱燕。这些朋友的经济状况，谁也不富裕，尤其是在那样一种环境下，接济一个象我这样的"匪谍"是多么冒险的一桩事！

相反的，那些和我在军队里、政治上几十年患难与共的朋友，我还在幻想他们一定会给我援助的，其实他们正在离弃我，咒诅我。那位放出去的中大女生在最后给我的一封信上提到这么一句："鹿小姐的事，你忘了她吧！"这是指鹿钟麟说的。这一切，给了我这温情主义者一个当头棒，也深深地教育了我。

后来知道了，鹿在我被捕以后，见人就骂我，好表示他不但与我没关系，而且是对立的，这样就可以把他自己洗得干干净净。当他住在南京的日子，拒绝和与我有关系的朋友见面，我的母亲去，他也回避着。

孙连仲那只老鼠，在我被捕以后，一直是把脑袋紧紧地缩在洞里。

李宗仁就更厉害了，捉我的条子是他下的。事后有人和他谈到我的事，他说："心清是我们多年的朋友，想不到他干那个。"

听说在捕我的那一夜，他彻夜开会忙着和特务们商量捉我的步骤。清晨五点钟捉我，三点钟就把孙约到他的家中，直到捉到了我，才把孙放回去。这是因为怕捉我的时候，被孙知道之后，派人来保护我。

我的被捕，李宗仁总算把"二桃杀三士"的妙计使上了。因为他和孙中间，有过长期的矛盾和冲突，远在北平接收的时候就开始了。蒋介石派李当行辕主任，却让孙先来受降。同时在一个地区派了两个管军事的，这明明是叫他们互相监视，互相摩擦，蒋则坐收渔人之利。我到了北平之后，曾化了不少工夫给他们消除这种对立，使孙推崇李，使李不猜忌孙，但是这个心怀叵测的家伙，借着这次的机会，不但可以杀我灭口，并且可以把孙一脚踹倒，而且还可以借此向蒋讨好。

谢士炎有一次对我说："一个特务告诉我，李在特务汇报时，曾把你大骂一通，说你是个无聊政客，中国每一次政变，都有余心清参加。"这话很象他的口吻，不过他忘了一件事，好象在那些政变中，他是没有参与过的。

鹿、孙和李宗仁，完全是当代的典型军阀，各人只知道自己的利益，什么叫真理？什么叫革命？在他们心里，根本没有这一回事。出卖朋友，牺牲朋友，那是他们升官发财的一块垫脚石。

二十几年来，我一直和这些家伙们混在一起，对于他们的认识，我比谁都清楚，为了革命客观形式的需要，为了对于中国革命尽我所能尽到的责任，我不能不在他们中间做工作。他们愈少反动，革命愈多有利，如果他们能不反动，革命的进行岂不更顺利吗？为了这些，我长年地掉在内心的痛苦中；而有些朋友由于不了解这种实际情况，对我产生不少误解，甚至攻击我。

在我度过了木笼子中两个月的平静生活后，我的案子被提起公诉了，起诉书还是"通敌洽降，证据确凿，供认不讳。"那一套。

这座特刑庭在形式上，也采用一般法庭的手续，它的组织是两级制，刑庭上面，还有一个中央刑庭，提起公诉之后，被起诉人可以请律师辩诉，不服判决，还可以向中央刑庭上诉。最初案件的裁判，也是根据刑法处理，后来发觉用刑法制裁"匪谍"太松了，就定了一个"戡乱时期紧急治罪条例"，五月一日立法院通过这条例的时候，遭到了不少立法委员的反对，孙科坚持要通过，于是拍案大叫着："谁反对这个，谁就是共产党，当共产党的给我走出去，这条例是必需通过的。"这条例就在这一怒之下通过了。

审讯的时候，有什么检察官、审判官、首席审判官。实际上他们都在一鼻孔出气，表演着双簧！后来有一位律师对我说，这里所有的检察官几乎没有一个不是特务。审判官中一大半也是特务，他们不管案情，只问是那里送来的，如果是保密局交来的（几乎没有案子不是保密局送来的），都会给你来个起诉。照例每一个案子的侦察期是两个月，如果特务们指示他们拖，便给你一个通知，"侦察期间继续展延"，这样就要拖到四个月后。其实这些特刑庭的小子们都是木偶戏中穿着戏袍的木人，后台上另有人在牵着线。

案子的判决，如果牵线人指示要严重处理，那么你就得周旋在死刑和无期徒刑之间。有时不重要的嫌疑案，当事人使上了金条，案子就会很轻松地解脱开来。相同的案子，一个人的判决词这么写道："该犯虽参加匪党多年，然并无实际工作，况当时系年幼无知，实属情有可原……。"另一个人却正相反："该犯身为公务员，竟参加匪党，意图颠覆政府，恶性深重，应处极刑……。"

和我同关在一个笼子里的一位公路局的职员，他告诉我："我的太太筹划了两条金子，已经缴上了，大概不久即可结案。"果不其然，一星期后，他出去了。另一起是那个想做官而受骗的汽车行老板和那个美军材料库库长，花了很大数目一笔美钞也开释了。有一次他们来看我说："我们已和审判官做上了朋友，昨天晚上还请他们在家里吃饭。"

那些可怜的孩子们，反倒被起诉了，罪名是："受奸匪指使，到处放火，企图扰乱治安……。"但是和我住在一个屋子的那个"总统府"秘书的儿子，却被保释出去了。我不断地和笼子里的朋友说笑话，问他们知道蒋介石的"总体战"怎样解释。自然他们都有一番答复，我说："总体战的定义是蒋介石站在一面，和全国的人作战，现在更证明了，无辜的孩子，都成了他作战的对象了。"

牢中第二度圣诞节的前夕，应景的雪花，整天地落着，我们一案转来的七个人被传去开庭，三付半铐子锁着我们，走过一条街，路上很少行人，只碰到一个中年妇人，一手提着一瓶油，另一只胳膊挎着一个菜篮，里面盛着一块猪肉和一些芹菜，"大概是为圣诞节宵夜用的吧？"我心里这样的猜想。

到了候审室里，第一个被叫出去的是小耿，他去了以后，我们谈着这总是审判庭了，也许大家的案子很快地就得判决。差不多二十分钟的时间，小耿红涨着脸低着头走回来了，看样子已判断到情形有点不好，我们几乎同时问他："怎么样，小耿？"他气得半晌说不出话来，这时轮到老顾开庭去。随后小耿慢吞吞地告诉我们："今天换上了一个年青的家伙当法官，好厉害啊！开口就骂我浑蛋，并且对我说，不老实说就要打我，我给他一说话，他就拍桌子骂，这家伙野蛮得厉害，问的话差不多要把人噎死。"老顾回来也是一样："这小子简直不是人！"他一面说着一面气得发抖。我是第五个被审的，当我走进去的时候，看见那家伙坐在上面，瞪着贼一般的两只小眼从上到下向我注视着，我故意地把头昂起瞧着天花板，好象不知道他在那里一样。他想了一会儿，用着响雷般的嗓子，把腔调拉得很长一个字一个字的叫出："你……是……谁？"好在我已有了准备，否则被他这一嚷，一定会吓一跳。这小子年纪不过三十岁，中等个儿，一张小脸瘦削得象一只猴子，面部不时透出急燥残暴的表情，穿着一套青呢西服，外面罩着一件黑呢大衣，脖子上围着一条白绸巾。一望就知道是一个在学校当过腰带手枪、专门告密的三青团分子，说着一口四川话。后来打听到，他是重庆大学的毕业生，名字叫作廖忠朝，刚到这里两、三天。我们是他第一批审判的案子，好象是特为审我们而来的。他问话象舌头上长着钩子的毒蛇，先做一个圈圈，等到你不留意套进去，他就要一下把你咬死。我看他来意不善，我就预先准备和他见个高低，他大声我也大声，他拍案，我就击掌，那坐在一旁的书记官不断地用笔杆捞着头皮，窗外有几个人把脸贴在玻璃上向里瞧，以为我们在吵架，其实，也真是在拌嘴。最后我对他说："你用不着威胁我，你会打听到我是干什么的，还是回去做你所愿意做的事吧。"他听了我的话，咬紧牙齿气得直哼哼。我心里笑着："你这小特务，刚学会了骑马，就要和老将动刀枪，想把在学校里狐假虎威吓唬同学那两手，使在我身上。还差得远呢！"

我们七个人审完了，时间已是初夜，每人买了一碗面，打算吃饱了再回去，正吃的时候，那个书记官跑来对我说："余先生，我是个离开学校不久的青年，很久就听说你，今天的审问，不必在意，案子的最后判定，他一个人作不了主，还要有首席审判官的意见加入。"我望了一望他："谢谢你的好意。"他去了以后，大家谈说着他的来意，并且有人说："这里面也有好人哟！"

新年除夕的前一天，我们又开庭了，"大概这小子也不想过年，和我们干上了。"我在路上走着的时候对其余的六个人说。解我们的司法警察很同情地安慰我们："他是新来的，什么也不懂。法官开庭，我们看见的多了，还没见到这样的生手。他一点也不知道现在是什么时候，还在和你们作对，真正太不知趣！"

冬天的太阳照着我们，这是多么可爱的太阳啊！我们七个人，都坐在院子中等着开庭，法警对待我们更殷勤起来，给我们冲茶、买烟、买点心，我们一面唱着、吃着、抽着，同时商量今天怎样对付那小子，大家都主张："态度要沉静，争辩不要示弱。"我们从上午十点钟到这里，直候到下午两点钟才开庭。

这次我是第一名被审的，我一进去，这小子脸上的肌肉立刻绷得紧紧的。咬牙切齿地对我望着，真有"仇人见面，分外眼红"之势。他和前回一样的扬起嗓子把三个字分成三段问着我的姓名，那位书记官不时以同情的眼光看着我。这回，他的问话尖锐了，一开口就先哼了一下："你……是个技术很高的共产党，借着和上层的关系，掩护起你的地下活动，我比谁都清楚！"说到这里，他就目不转睛地瞅着我。我笑了一下，心里说："你这小子，还想用福尔摩斯的催眠术吗？""你说话是臆断呢，还是根据事实的证据呢？如果有事实证据的话，就请你先说出来。"我这么反问着他。他把案子一拍，可惜他忘了带警堂木："有事实证据，我调查了很多。""那么，你就宣布好了。"我激恼着他。"好，下次再审。"他就这样地收场了。我出来的时侯，大家问我："怎么样？"我笑了一笑："他失败了。"

我们回来的时侯，已经是晚间六点钟了。我们整整地在外面一天，觉着比关在笼子里，轻松得多了。回来夹带着大批的报纸、杂志、食物，这些算是收获吧。

两次开庭，都没有通知我们的律师到场，很显然地看出这小子是特务们打发来的。

谈到律师，我总算是碰到拆白党了！天下竟有狠心向政治犯敲竹杠的律师！

当我转到木笼子来的第三天，有一位中大的学生被放出去。他是四川人，他的叔叔鲜特生先生是我在重庆熟识的朋友，所以谈起来彼此更加亲切。临走的时侯，他问我有什么可以在外面替我做的事，我想了一想对他说："这里的政治犯，差不多都是穷小子，谁也请不起律师，我也是其中的一个，最好你们在外面找一找有没有同情我们的律师，肯做我们的义务辩护人。"他满口地应承，并且说："我认识一位四川籍的律师叫做傅况鳞，在司法界相当有地位，或者他愿意担任，我出去以后就去和他接洽，同时骆宾基也托了我办这一件事。"

在这位朋友出去不久，我和骆宾基都收到一封从傅况鳞律师处来的信，信上说明他愿意义务帮忙做辩护人。并要我们把委托书签上名送给他。我们都照办了。同时我写信告诉我的妻子在外面和他去接头。

不多几天，兰华写信告诉我，她已见到那位傅律师，并且办好手续，但是律师要手续费五千五百元，因为家里没有这笔款子，还是找一位和她在欧柏林大学的外国同学手中借来付出的。五千五百元手续费，那是等于五十五担白米的价钱。"义务帮忙，多么好听的一个名词。"我心里愤慨地说着。

骆宾基的案子，开了一庭就判决了，徒刑是两年六个月，在最后辩论的时侯，这位大律师不但没有给他写一个字，连影子也找不到了，紧接着兰华又转给我这位律师来的一封信，上面写道："如果其余的款子，不能在一星期内送到，案子便不受理。"我立刻写信告诉兰华，不必再理他，已送去的钱，只当是被骗罢了。

后来有人给兰华介绍另一个律师薛诵齐，他是这里很吃得开的一个人，给老董上诉的就是他。老董要卖大衣送他车马费，他拒绝了，并且说："要钱就不来。"他是江苏句容人，有些江湖侠义作风，法警们都一致称道他，大概一部分是帮会关系。他接受我们的案子很多，大多数是没有酬劳或者酬劳极少的，兰华给他送去五百元，他推辞好久才收下。他来和我见过好几次面，从谈话中知道，他是一位热心负责看重友情的律师。他告诉我："我的长处，只是在殷勤仔细不爱财。"后来我出了监狱跑到上海，立刻给他写了一封表示谢忱的信。

梁蔼然请了一位何铨宇律师，他是我在西北军中的老朋友。他从起诉书上看到我和梁是同一个案子，就跑来看我，并且愿意做我的辩护人。我告诉他："我已经请了律师。"他说："律师可以有三个，他可以当我的第二律师。"我很感动地接受了。这个年头，许多比他交情更好的朋友，避我唯恐不及，他却找上门来（牢门），算得是"古道照人"吧，可惜不几天他在街上被汽车撞伤了，听说坏了一条腿。

天快亮了

一九四八年的除夕又到了。雪后的阳光，把整个木笼子照亮了。我立在窗口，凝视着窗外几株落了叶子的树，它们孤傲地昂头挺立着。压着枝子的积雪，一条一条地横挂在树上，象一些巨人佩上了无数的勋标一样。这是多么富有诗意的一幅画啊！

> 只要枝干挺得起，
>
> 只要根连着泥，
>
> 那怕冬寒风厉，
>
> 把枯叶葬入沟底，
>
> 跨过这苦难的片刻，
>
> 看谁微笑在春光里？

从报纸上，看到了紧接着锦西的胜利，就是沈阳的解放，整个东北的军事底定了。锦西的一战，是东北战事全局的一个活眼，并且那里的胜利是个大歼灭战，把蒋介石坐镇锦州的兵团总司令范汉杰也活捉了。我对于范的被捉特别感到兴趣，因为福建人民政府的垮台与这小子有关系，那时他是十九路军的参谋处长，家里设着两架电台，专门替蒋介石做底探，当特务，后来因此"深受倚重"，由是官运大发起来。

一连串的好消息，象放鞭炮似地传到狱中。东北大军进关了，平、津解放了，徐州的大会战开始了。蒋介石投上最大的赌注，这是蒋介石最后挣扎的一战。我们一天买进两份报，早晨读本地的，下午看上海的，因为上海的消息比较多。最后徐州的大会战全胜了。兵团司令黄伯韬自杀，邱清泉被击毙，总司令杜聿明被俘。大军下蚌埠，下徐州，炮声响到长江边。

关于徐州的战事，我们中间每一个人时刻地提着心关切着。大家很清楚地知道这是最大的一战，也是关系最重的一战。在大战揭幕不久，我看到冯治安部的何基沣和张克侠领导起义，我是多么地兴奋，同时还幻想着刘汝明也许可以"当仁不让"，继起立功。后来知道他是走上了死路，无可挽救，当我们读到蒋介石使用了毒气、怪弹，我们愤恨得紧握着拳头，咒骂着这残酷的野兽行为。想起这些战场上的战士为革命牺牲的惨烈，我们坐牢的人太渺小了！血是胜利的种子，战士是历史的光辉。

蒋介石为了掩盖他的失败，为了振奋人心，为了骗取美援，不断地发出无耻的号外，报贩叫卖的声音，传到我们的耳边。我们知道这是他临死的哀嚎，相反的是给解放军报着喜讯。自从炮声传到了江边，这号外声就再也听不到了。

金元券走了法币的老路子，急骤地贬值了，骗到的黄金美钞，加紧地向台湾运送，外面传说着蒋介石要跑，这是他的路费。不过全国人民的生活，受着物价空前的波动，陷入了痛苦的深渊。我们中间不少人存在帐上的钱，平时有计划地节省使用，现在也跟着破产了。

我们获悉一个胜利消息之后，大家很自然地狂笑一阵，这些日子各屋子此伏彼起歌唱的声音，也多起来了，并且声音越唱越高。这样的高歌，平时是被禁止的，现在却没人来干涉。看守兵抿着嘴站在笼子外直笑，他们很清楚地知道我们在为什么狂笑，为什么唱。

"蒋介石这回该死了吧！"有人这样地问着。"他，这无耻的家伙，绝对气不死，除非有人把他杀死！"一个苏北的农民回答着。"真的！他发过誓，如果'戡乱'不成，他就跑到中山陵自杀，他应该自杀好几次了，如果他说话算数的话。"一个被俘的河南地方干部老张接着说。"去是去过的，只是没有自杀。"我答复他。

新年后的第五天，我们又被叫去开庭，来解我们的法警，分外地讲起礼貌来。当我们在院子里排列好等候上铐子的时候，他说："你们各位先生是不会逃跑的，我就不上铐子了，不过请你们一对一对地手挽着手走。"我们彼此望了一望，大家脸上都浮出会心的一笑。

在候审室里，那位替老董请律师上诉的法警，穿着一身皮袍子，袖口仍然反卷着，向我们演说了："蒋介石必垮台无疑，这是气数已尽，换朝代的时候到了，这个姓廖的法官还在装浑蛋，开什么庭，把大家释放了岂不省事。我们对各位先生很客气，将来还请多关照。"聪明伶俐的陈斌这时抓紧机会："你们对我们太好了，我们很感激，将来出去以后，一定不会忘记你们的。""岂敢，岂敢。"这法警裂开嘴笑起来了。

我仍然是第一个被唤去开庭，上面也仍然是坐着那个姓廖的，我准备着他咆哮，但他的态度出乎意料地改变了。他的脸上浮出苦笑，凶暴的眼神也收敛了，声音落得很低地问着我："你是余心清吗？"我感到市价不同了。他不等我回答就对我说："政府的政策，一向是宽大的，本来要和共产党合作，只是共产党不愿意，现在打仗，弄得一切建设事业都停顿，人民生活苦不堪言，这是多么可惜的……"他一直演讲了二十分钟，然后向我点点头说："请你回去吧。"我回到候审室，朋友们急忙地问："怎么样？""这小子低头了。"我慢慢地告诉他们。

每一个人回来的时候脸上都带着轻松的微笑，而他对每一个说的话也都是一样的。大家讨论着这是怎样的一种突变呢？我说："这小子知道悬崖勒马，不过他还不够坦白，使他这样转变的，是解放军胜利的声威啊！"

象春天降临到笼子里，每一个人的心情都温暖起来，放封的时候，彼此笑嘻嘻地打着招呼："快了。"可怜的孩子们，不时地包围着我喊着："余爸爸，我们快出去了吧？你说再给我们糖的时候要到新年吗？新年不是就到了吗？"我拍着他们的肩膀："做个好孩子，永远是有人喜欢送糖给你们的。"

这些日子管理我们的看守员，几乎不常看到了。看守兵和我们更接近起来。他们多数是参加了帮会的，在南京帮会的头子是张树声，他们都是张的徒孙，有人告诉他们，张是我的老朋友，所以我更被尊重起来，他们不再喊我的名子，代之以"余老太爷"或"师太爷"了。

现在我们看报读杂志，不用偷着干了，也用不着花加倍的代价购买了。我们可以随时地驱使他们给我们干这个，做那个。自然我们有时还是送他们一些钱。

　　有些日子，大家兴奋得睡不着，常常深夜聚谈，有酒癖的人就出主意要喝酒，我们商量好了看守兵，交一个热水瓶给他们，在夜间十点钟的时候，他们就给我们送进酒来。我们常常喝到午夜十二点钟。每次我们总是分送一杯给木栅外的看守兵，和他们隔栏对饮。

　　自从我在这里被起诉以后，我就有了接见亲友的权利。第一个我接见的是兰华，一个阴雨的上午，看守兵告诉我："你的老婆来看你。"我走到院子里的甬道上远远地看到她站在那里，这是我们别后两年半的初次相见。她显得憔悴了，但我自然是更苍老了。谈话的地方，是在一个水炉旁的席蓬里，隔着一层席墙，在一个挖掉一方尺大小的洞口我们面对着。她在强自压制着将要滚到眼边的泪，装作更柔和的样子来安慰我，告诉我一些家里和外面的情况。我因为这颗心已磨炼得象铁般死硬，话语好象被炉火烧净了，很少说得出来，最后我告诉她，无事不必多来！千万不要让母亲来！

　　第二次是我的女儿华心来的，我和她也有十四个月不见了。她长得很高，态度很沉静，不象个十四岁的孩子，这是环境造成的，一个暴风雨的环境。听说她在我被捕以后，不再是那般娇嫩了，从学校里走出来，终日在北平为我奔走求援，她到过李宗仁的家，她见过孙连仲和鹿钟麟，她探望每一个我平时的熟朋友，但是好多朋友躲着不见她，甚至看见她也不睬她，还有两位素来自命是革命的工作者，自己藏在屋里却打发太太出来见她。她那一颗小小的心，接受了人间许多辛酸世故。她常常夜里躺在床上流泪，学校当局还批评她旷课太多。

她见了我一点忧戚的容颜都没有，说话很简洁老练，问我："缺少什么？钱够不够花的？需要什么东西？经济上不要去顾虑它。"

在以后环境改善的这些日子里，她们来的次数更多了，给我们送的东西，也加倍地多起来。并且我们可以和她们随便的隔着铁窗说话。

随着解放战争胜利的形势，整个南京城陷入了不安和混乱中。蒋介石"困兽犹斗"，又带给了我更多的灾难。

为了最后镇压"反动"，为了垂死前挣扎，为了防范里应外合，就重新开始大规模地逮捕，听说在一个夜间，中大、金大、美专等校，有两百多人被捕，连日还在继续地搜捕。因为特务的秘密拘禁机关都挤满了人，就要把我们的笼子腾出一半来收容他们。这黎明前的昏暗，多么使我们痛心和担心！

老董他们所住的仁字号七十多位难友，终于要转移出去了，最初谁也打听不出是解到那里，从看守兵的口里，听出是要解到老虎桥模范监牢。当他们走的时候，大家又一度地凄然惜别，因为我们中间的离合，可能象征着最恶劣的命运。我们送给老董一块手巾，和他约定，如果是到老虎桥，请把这个手巾交给解送的看守兵带回，这样，不用问我们就知道确实消息了。果然我们在当天晚间，收到了那块手巾，看守们并且告诉我们，那里的地方比这里好。

紧接着他们走后的第二天夜间，窗外甬道上响起了不停止的脚步声，兵士们来往急促地行走，一批又一批人群迟缓地在行进，耳语声、吆喝声、咳嗽声、呼唤声，交织在一起，我们的每一颗心都紧张了起来。我们隔着玻璃窗向外窥视，只看到一长列的黑影在蠕动着，却辨不清人面和人数。这样一直继续到天明。

清晨放封的时候，甬道上站着许多宪兵，有人从后面的窗子向仁字号笼子里张望，看到木坑上堆满戴着镣铐的人，有几个是这里放出去的学生又被捕回。女学生们仍然关在仁一室。他们说这次的情形比上次严重多了，有人已经两天没吃东西。我们赶快地搜集食物从窗子里扔给他们。下午再看他们的时候，每个笼子外已站着监视的宪兵。不许他们任何人临近窗口。从此我们彼此间的交通就断绝了。

一连好几个昼夜，不断地有人被宪兵解来，送到前面的笼子里，我们的心境和环境，没有以前轻松了。大家讨论着这时候的蒋介石，可能对政治犯来一次残酷地屠杀。时间总在夜里吧！好多人穿着衣服睡觉，恐怕到时候来不及穿上。

一个太阳晒着的下午，我们刚吃完了晚饭，墙外忽然有锁链子的声音，自西向东，不象到我们这里来，而且步子走得很慢，我让陈斌爬到窗子上看看是件什么事，陈跳下来告诉我们："一排宪兵押着三个穿着黄呢子军服的军人，象些高级军官，脚上都戴着镣，向军法局看守所的方向走去。"这又是一桩不小的军事案件"，我心里这么断定。随即我托了一个湖南籍的看守员去打、听，因为他的哥哥是军法局看守所的所长。过了两天，他告诉我："一个是军长名叫黄樵松，两个是政治部主任，他们是阎锡山送来的，案情不清楚，被隔离在另一个监房里押着。"

过了一个星期，有人告诉我，他们被送到中央陆军监狱，一下汽车，就被拉到门外的空地上枪决了。

黄是西北军冯先生的干部，当过孙连仲直属三十军的师长。一位有胆有识的优秀军人，抗日战争的时候，在河南南阳和日本人打了几次硬战，有过光辉的战绩，后来三十军调往临汾，归胡宗南指挥，他担任副军长。等到临汾突围，那个姓庐的军长跑了，他就接替作了军长，部队调到太原补充以后，就归阎锡山指挥，参加防守城垣工作。后来与解放军取得联系，预备退进城去，把阎锡山活捉起来，一举而定太原，却没料到这整盘计划被部下的一个师长告密，因此被捕。听说阎给他钉上三付脚镣，用飞机送来的，其余的两位，一位是解放军派来联系的政工人员，一位是他自己的政治部主任。

这些日子，关于我们的谣言逐渐地多起来了。因为前面的笼子住满了，我们要转移地点，好让出房子给后来的人。有人说这里必须结束，特刑庭也要取消，我们可能去的地方有两处：一是老虎桥和老董他们押在一起，一是我们将送回军法局，由那里再送到杭州。大家对于上老虎桥倒并不关心，好象那只老虎不甚可怕，只是回军法局都有点搔头。

由于特刑庭取消的风闻，这里的看守兵们对我们更加恭顺起来，他们好多人走到我面前："余老太爷，将来出去以后，给我们找个工作吧！"我还没有开口，其实也无法开口，梁蔼然和陈斌就替我答复了："不成问题，将来一定帮你们忙的。"以后碰到这样的场合，我只得"好！好！"漫然地答应着。

一九四九年的新年，解放军隔江的炮声，代替了贺年的爆竹声。这炮声把蒋介石打得东倒西歪地站不稳了。连日外间传说政府要搬家，其实要人们的女人和细软早已搬走一空。说元旦将有一个重大决定，"大概蒋介石要滚蛋吧！"我们这样判断着。

和谣言跟着来了，报纸上、杂志上又出现了连篇累牍的主和文章。从前说这样话的人，都被蒋介石骂作出卖民族利益的"匪谍"，并且要严行"拿办"，现在这小子却不开腔了。

元旦的清晨，阳光温暖地照在铁窗的栏杆上，我们都彼此道着年喜，亲切地握着手，大家似乎都有同一的感觉，今年真的可贺可禧了。

吃早饭的时候，有一个看守兵来告诉我们："蒋介石通电主和了。"许多人不约而同地放下碗筷跳起来，并且响起了一片掌声，各个屋子都欢腾起来，只有前面的笼子寂静得象死去一般。十一点钟的时候，另一个看守兵送给我一份报纸，上面特号字的标题载着《蒋总统元旦文告》。"这小子也有今天。"我对着窗子深深地吐了一口气。

八、从牢门的狭缝中挤出来

最后的会合

我们把蒋介石的《元旦文告》逐字地读着，研究着，我们发现这个流氓的和平主张，不但没有丝毫诚意，里面还隐藏着一个大阴谋。从第二天的报纸上看到他在谒陵时的演讲，更证明了我们的判断是正确的。

他说："和平政策为政府一贯的主张，三年来政府迫切希望和平。"呸！那么一面政协开会，一面召集全国将领商讨"剿匪军事"，并发出大量《剿匪手册》，又是谁干的？

他外强中干地说着："这次要和平，是无力量的表现，此种心理，实为错误。"那么，你在没有打败仗以前为什么不谈和平？又为什么不许别人谈和平？

他更无耻地说着："政府在军事政治方面力量皆远超过'共匪'，

然不幸一般人惑于'共匪'之宣传，看不见自己的力量。"好一个无耻的东西，还要吹牛呢！你的力量倒是有，可惜在几个大战役中被歼灭了。

他决无悔过之心。他梦想借着和平的伪装以争取时间，重新培养实力，布置军事，并且想勾引他的主子——美帝国主义，施用国际压力，出面调停。

接着蒋介石的《元旦文告》，来了一大串各省参议会的通电——国民党御用的说话机构。这些通电都是拍到延安去的。对于那些"头衔"，我感到异常地有趣，他们口中的"匪"忽然变作"先生"了。

记得当我第一次在宁海路十九号，看到叫我们签字的一本册上写着"北平奸匪财物清册"，我心里感到老大地不痛快，认为这是一种侮辱，究竟谁是匪呢？明明是蒋介石和他的一帮，他们夺了全国人民的财富，造成四大家族和一些资本家及富家翁宋美龄。宋美龄用七十五万美金在美国购置华居，而河南几百万人民却在同一时间死于饥饿。如果我们称蒋介石作匪，他的一帮作匪帮，从事实上，从逻辑上，从法律上，都是最适当的头衔！现在，他倒喊我们作"奸匪"哩！

这些日子，整个的看守所更显得松散了，看守员和看守兵不常看到了，因为他们忙着各奔前程。看着我们的只有那笼子上的一把不说话的哑吧锁。被宪兵看着的前面笼子，也不象初来时那般严重恐怖了。我们这里的朋友，这两天表现出分外的骄傲和散漫，甚至有人公开地大声叫骂蒋介石。

前面笼子里的人拥挤得可怕，因此就决定把我们迁出去，结束这个看守所。

一月十日的清晨，我们被命令着收拾铺盖，早饭提前了一小时。吃完了早饭，先把铺盖堆集在一起，我们就在院子里站齐。查点完了人数，紧接着上铐子，并且用一根长铁索，把大家连串起来。铐子上到我面前的时候，那个看守兵忽然跑开向一个看守员的耳朵上咕噜了一会儿，回来说："因为你是老先生，铐子不用戴了。"

　　我们被塞进一辆大巴士车里，塞得身子都不能转动，车顶很低，立着的人伛偻着背部，互相紧紧地挤在一堆。

　　阳光晒在我们身上，微风轻轻地拂到脸上，我们忘记了这是冬天。

　　过路的行人，照例以好奇的眼光看着我们，有一个人摇着脑袋说："犯人也搬家了！"

　　自从一九四七年在北平被捕，这是第五次起解了。

　　车子一直向北驶，马路上的景象，比一年前我被解到南京的那个下午，和一个月前由宁海路解到军法局的时候，大不相同了，许多走路的人脸上，堆上了一片忧戚。最后车子向东拐了一个弯，有人叫起来了："到老虎桥了。"

　　老虎桥，顶顶有名的"模范监狱"所在地，大门前一座桥，连接着横行的马路。我们的车子越过了桥，两扇铁栅栏大门立刻张开，好象一只老虎的巨口。车子迅速地驶进，铁门随即关起来，"刚出龙潭，又入虎穴"，我在心里对自己这样说。

　　我们现在被塞进这张老虎嘴里，将要怎样地被它咬着呢？

　　三十五年前，我曾来过这里，那时我才十七岁，倒不是因为犯了什么罪，乃是跟着一位长老会的牧师来参观的。今天一到这里，少年的记忆立时恢复，仿佛那是不久以前的事。现在这位牧师早已死了，他是我当年信仰基督教的引路人。可是今天我又来了，为的走着另一条路。

我和陈公博总算有缘，宁海路十九号，他也曾住过，现在到了老虎桥，他最后也关在这里，并且和褚民谊、林柏生一同枪毙在这里。听说江亢虎，周作人和一些大汉奸们还在这里关着呢！

这是一座规模较大的监狱，一道水壕，围着高大的垣墙，墙的四角上，矗立着四个瞭望台，穿着黑色制服的警卫，在里面来回走动，不时把面部紧贴着玻璃向下面瞪着有力搜索的眼睛。

大门里西边是个紧急警卫室，大概是镇压暴动的武力所在。东面是候见室，家属接见等候的地方，无数的人在这里度过不少耐性的时间。正中是一座办公室，律师接见室，对面是登记室和犯人接见室。走近办公室是一列、一列的监房，扇面形向后面伸出去，正中间是一座教诲堂——一个"卖膏药"的地方。墙柱上大字的标语写着"回头是岸"，"觉今是而昨非"等等。最后面的第二列，设置着各种工作室：木工、缝纫等。靠后墙有一座单独的跨院是女监。向西横接着的房屋是洗衣室、洗脸室和澡堂，墙的东端是个大操场，西头有一个夹道，夹道里就是刑场。凡不送到雨花台执行枪决的人，便在这里杀掉。

监狱后面的一条街道叫做成贤街，那里是中央大学的前门，正对着监狱的后墙，后来我和中大的同学开玩笑："你们住在这里，想起了隔墙的母校，有没有'故国不堪回首月明中'之感呢？"

我们下了汽车之后，就被领进检查室里。穿着制服的法警，开始搜查我们的身上和行李，许多日用的法宝，统统被扣下了。我的那只当作小便壶的玻璃瓶也被没收了。书籍、药品都被留下，都要经过详细检查才能发还。我们默不作声地望着他们的每一个动作，大家心里好象在说："这一份家业算完了，要到什么时候才能重新建立起来呢？"

这时候进来一个中年的典狱员，穿着很整齐的一身黑呢制服，帽子上、袖口上都镶着一条金箍。走近我们跟前，把手一摆，意思是要我们听他说话。他先咳嗽了一声，然后把头微微地抬起来，但眼睛一直瞅着地上："你们大家都是为人类造福的，"说到这里又咳了一声，陈斌把眼向我瞟了一下，嘴微微地裂向右方笑着。他继续地说："现在你们的案子仍然归特刑庭，只不过是寄押在这里。关于案件我们无权干涉，不过这里的规矩，希望大家能遵守，我们决不会苛待你们。好在你们住在这里的日子是不会很久的。"说完了，他对着一个法警命令道："送他们进礼字监。"

礼字监临近大操场，斜对着女监。一所长方形的建筑，门口装着一扇向外开的铁栏门，监房是相对的，中间一条甬道，每一边是十二间，一共二十四间屋子，我和陈斌、梁蔼然还有五位苏州群社的青年，住在紧靠着铁门的房子里。这里每一个监房房门上的小洞，挖得特别缺德，一寸高，三寸宽，里面的人向外看时就不能说话，说话时就不能同时看。当我们走进来的时候，看见每一个小孔中亮着一双温情的眼睛，我们觉出来老董他们是住在这里，但这些眼睛是谁呢？却认不出来。他们没有和我们说话，大概这里的规矩禁止他们说话吧！

我们的屋子里一共有六张双层木床，靠窗子放了一张长条桌，墙里角置着一只红色的小马桶，这是南方人普通人家特有的用具，我多年没有看见过了。

我们正在屋里整理铺盖的时候，房门忽然被打开了，一个看守告诉我们："特刑庭的看守所长要见你们。"甬道上立着一个肥胖臃肿的家伙，我从来没见过。有人告诉我，他是副所长。他还没开口先就脱下帽子，露出一个光亮的秃顶，很规矩地立正站在我们中间，然后对我们说："我是来给你们送帐上的存款，"说到这里他迟疑了一会儿，接着说："我对你们诸位一向是客气的，大家不会对我有恶感吧！诸位出去的时间近了，将来还请多关照！"说完了，向我深深鞠了一个躬就走了。

回到屋子，我们讨论着这家伙为什么这样的前倨而后恭呢？从前不是连面都不露吗？一个苏州的青年说："他一向管理我们的伙食，有些屋子常常闹着饭不够吃，就骂他克扣囚粮，他有点贼人胆虚，今天主要是来打招呼。恐怕将来有人报复他。"我们就联想到今天上午那个典狱员的演讲："你们是为人类造福的"，即使是吧，但是谁使他这样说的呢？"日子近了"，大家都感到兴奋！

晚间有些屋子仍和在木笼子里那样大嚷大闹，这里却不行了。一个说着淮城口音的看守，用粗暴的声音，严厉地制止着："你们造反啦！要是不自爱，我就给你们难看了。"陈斌说："这是不懂行市的家伙，他应当向那个典狱员领教一番。"后来老董告诉我们，这是看守中最坏的一个，他们受他的气太多了。

这里的规模毕竟不凡，日常生活动作，都听军号指挥。早晨六点钟，号声响了，这是起床号。六点一刻是洗脸的时间，我们各人捧着自己的洗具，先到院子里站队，一个军人形的看守长发着"看齐"、"报数"、"向左转"的口令，我们在他的口令下进入了洗脸室，一间是可容下一百人的地方，里面砌成一条、一条水泥的水槽，水槽上装置着龙头，每两个人共用一个，自然这里只有冷水使用。洗完了脸，我们又在同样的口令下向操场出发，这是运动的时间。

我们向操场行进的时候，碰到一队"人马"正向洗脸室方向走过来，他们以好奇的眼光注视着我们，我们也同样地盯着他们每一个人。这些人的服装非常阔绰，许多人穿着镶獭皮领的大氅，有的头戴獭皮帽子，还有戴着黑缎瓜皮小帽，帽顶缀着红色的珊瑚顶珠。好多是相貌堂堂的人物，其中有一个身材魁梧，长着一尺来长银白的胡须，特别惹人注目。一望就知道这些人不是老官僚，便是大汉奸，江亢虎之流的也在这里面吧！后来打听出他们都是些什么伪新民会会长、伪部长、伪督办、伪财政厅长、伪秘书长、伪税局局长等等一大堆。

我们站在操场上的时候，那个军人形的看守长给我们"训话"了。他是一个胖墩墩中等身材的壮年人，一个大而圆的脸，把眼睛挤得很小，秤锤的鼻子下吊着一张蛤蟆嘴，徐州府的口音，一开口就报告一大串他的历史："如果不是孙传芳垮了，我早就当上了军长，也用不着蹲在这里吃份口粮。"说到这里他停顿了一下："我对大家一定很客气，也请大家对我客气。这里是军事管理，动作要军事化，操场上要求的是纪律，你们要是不守纪律，我会发火的。"说完了就喊着："向右转，跑步走！"跑不到一个圈子，一半的人掉了队。这是我十四个月来第一次跑步，我要测验一下我的身体，能不能吃得消，跑到第二个圈子，我的腿沉重起来，第三个圈子我的呼吸急促了，嘴里不断地喷出白色的炭气，象一只疲惫的水牛拉不动犁头时一样。

回到屋子里，老董他们一般人才被放出去洗脸，看样子还是在隔离我们。我们从门上的横缝里，看到他们一个、一个地走出来，神气有点颓丧，大概是被这里严格管理折磨透了。这时候，我们还不能彼此说话。

这里每天仍然是两顿饭，每顿每人一碗米饭，五个人共一碗菜汤，汤里的菜叶子比以前两个地方多了一些。年青力壮的朋友们还是嚷着吃不饱。

分饭、分菜、分开水和打扫清洁的事，我们的难友中，有二个人被挑选出来担任，我们被锁在屋子里的时候，这两位朋友可以在甬道上走动，有时也可以打开门，到我们的屋子绕一趟。最初，我们因为不认识他们，还不敢和他们多说话，后来陈斌憋不住了，问他们："这里抽烟、看报有没有办法？"他们摇着头："管理得顶紧，一点路子都没有！"

来到这里三天了，还没有看到一张报，家里的人也没有来的，我们是多么需要知道外面的每天的形势变化啊！后来我们决定在每天放封的时候，派两位长于外交的朋友去包围那个看守长，要从他的口缝中探听一点消息，却想不到这家伙不看报的，不过他答应着："过两天读了报纸以后，给你们报告一番"。

胜利的形势，并不因着我们看不到新闻而停顿起来。我们刚来的时候，每天洗脸放封，除那个看守长之外还有两个看守员，在一旁监视着我们，现在没有了，监牢的管理，一天比一天放松起来，粗厉吆喝的声音也逐渐地消逝了。那个在我们来到的第一天夜间向朋友使厉害的淮城看守兵，也不叫喊了，并且他有一天下午开了门，走进我的屋子里，带着一副不自然的笑容对我说："老先生，你的身体还好吗？我们有招呼不到的地方，请指教我们！哼哼！"说完了向我鞠了一个躬。他走后，我奇怪地问着同屋的人："这小子，有什么企图吧！为什么这么恭维我？"梁蔼然说："他进来就鞠了一个躬，你没有看到，所以又来一个。""这是表示形势在对我们有利的急骤好转中。"陈斌肯定地说。

在第四个早晨我们被放出洗脸的时候，对面的一排房子的门也打开了，老董、老耿、老田、歪脖子的老莫，绝食的老李都出来了，我们亲切地握了手。洗完了脸，我们一块儿走上了操场，老董边走边说着："我们初来的时候，规矩严紧得叫我们喘不过气来，最近一星期松得多了，你们来了之后更松起来，这两天管理的人们上班的很少，所以今天只好把大家的洗脸和放封合并在一起。"

一百五十三名政治犯，最后会合在一起，摆成了一个长列，在操场上跑着步。清晨的太阳照着每一个人。我们分外地骄傲起来。

又是一套戏法

我们到了这里的第五天，在一个阴云遮满天空的早晨，从呼呼的北风中，听到院里响起叮当的钟声，不大一会儿，我们就被命令集合，然后整着队鱼贯地进入那座"教诲堂"。这里很象一座基督教的教堂，里面摆满了木条钉的长椅。正面是一座高高的讲台，台上放一只讲桌，靠墙平列着五把高背的坐椅。一位穿着蓝布长衫的瘦小个子，从椅子上立起来，慢慢地走到讲桌前，用着地道的南京话向我们说道："这里照例的工作，是每星期向诸位讲一次话，无非是劝人为善的那一套，但你们中间很多是对政治有研究的人，我的膏药就很难卖，但我吃的是这碗饭，不讲是不行的。因此，我出了一个主意，打算请这里住着的周作人和江亢虎先生给诸位轮流讲《大学》、《中庸》，我想诸位不会反对的吧！反对的请举手。"说到这里，他的眼睛向台下盯着，自然我们中间没有人要举手反对，他把嘴一裂，得意地笑起来："诸位既然同意，我就照办了。"

隔了三天，钟声又响了，我知道这是听讲的时间，我向床上一躺，裹着一床被假装睡起来，看守把我推醒："你不去教诲堂吗？"我告诉他："我不大舒服，让我休息吧！"他没说什么就走了。

从许多接见亲友回来的朋友口里，知道密云不雨的时局正在酝酿大变中。我们需要报纸，但走私的路子很难打通。一次我对中大的三位同学说："你们一向是有办法的，怎么现在也搞不通呢？还要加油啊！"

一个星期二的下午，我的女儿华心来了。我被领进这里的接见室，一排象电话间的小房子，里面仅仅可以转动身体，我和华心在一个罩上铁丝网的窗口面对着面，想在这里握握手传递一点东西是绝对不可能的。我问她："今天报纸上的消息怎样？"她说："来的太仓促，今天早晨还没有看报。""告诉我们外面消息，比给我们送吃的东西还要紧，下次注意吧！"最后我对她这样说。

一月二十二日的午后，一个看守给我送进一筐广柑，我打开一看，六只广柑的下面，在两层垫底的草纸中间，夹着一张当天的报纸，和两百元金元券。梁蔼然说："华心真有办法。"我说："这叫作冒险闯关。"

"蒋介石这小子下台了。"我们看着报不约而同地嚷起来。在他的所谓"引退"声明中标榜着："决定身先引退，以冀弭战消兵。"

接着就是李宗仁"代"了，报纸上说他是个开明的政治家，月内将有重大政治主张发表。开明不开明，谁也骗不了谁，我们最关心的是他将要发表的声明，这个声明无疑关系着我们一般人的命运。

李斐接见回来的时候，告诉我们，李宗仁发表了七项主张，里面一条是释放政治犯。当天晚上我们弄到一份报纸，才清楚地看到了他开的那一张支票。

李宗仁明明知道这是一张不能兑现的支票，但他所以非开不可，因为这都是蒋介石的痛处，他要狠狠地在上面踢一脚。同时也是为了提高他的政治声望，他以为这一来，他就可以摇身一变而做一个开明的"政治家"了。

二十五年来的戏台上，只许蒋一个人耍，现在不同了，变作一体三位，由一座戏台变成三座戏台，溪口是一座，南京是一座，广州又是一座。

蒋介石跑了，跑到他的妈妈的坟墓那里，架着有线和无线电台，暗中发号施令。据《展望》上的报道，他每天发出的电报数百通，依然在幕后操纵。

他每次遇到无法解决的大事件，总是省墓，其实是变戏法，这一次又来这一套，只可惜是玩戏法的那块毯子被人撕破了。

我们从朋友去开庭带回来的报纸杂志上，找出这小子的引退是被逼走的。他是一个冒充大仙的黄鼠狼，不撵不跑！

李宗仁的"代"，是"抢代"的。他从动心竞选的那一天，就计算着蒋介石，自然蓄谋就更早了。自从蒋介石发出《元旦文告》，虽然说得很漂亮："只要和平能够实现，他个人的进退出处，绝不萦怀。"但他积极地在梦想着美援，企图"死灰复燃"，等到中共的八项主张宣布，美援无望，蒋介石残余的嫡系军队，分散在各地，变成了棋盘上的死子的时候，李宗仁瞅准了这稍纵即逝的千载一时的机会下手了。他一面勾搭着那个不懂政治的美国外交家司徒雷登，一面让白崇禧陈兵安庆，要是蒋介石不走，桂系的队伍就独立了。我们从一张报纸上看到张群两度衔命去汉口，回来就辟谣，并说："白与中央救国意见一致"。实际上是唱着一出"逼宫"戏。李、白以为蒋一下台，他们就好伸手，将来划江为界，依然是平分秋色。蒋对这一出双簧戏，一筹莫展，因为这时和李、白打起来，则大兵压境，自相吞并，完得更快，那么，只好一走了事。

这些日子，我们在每一个屋子里，对时局展开热烈讨论，我们认为李宗仁的上台与和平无补，对我们是有利的。

许多朋友因为我和李宗仁有多年的交往，近来不断地问着我对李的看法和推测。我对朋友们说："李宗仁的长处，只是'平易近人'，一般人以为他的地位相当的高，却没有官架子，和人谈话，又是那么谦恭有耐性，就觉得他在'礼贤下士'，因此受宠若惊地给他大捧其场。其实他是一个彻头彻尾满脑封建思想的典型军阀。他没有任何知识，却有一肚皮阴谋。记得在北平继着那狂妄的陈诚发表三个月肃清'共匪'谈话之后，他也来一套什么'剿匪'战事，是绝对有把握的，因为共产党里没有一个懂得战略的，连懂得战术的也没有一个。他自命胸怀大志，并且现在尝试着替蒋介石来收拾残局。他本身是军人，是杂牌军人，当然是要玩枪杆的，但全国的杂牌军人，倾心投在他的旗帜下的究有几人？恐怕连一个也没有。他居然想搞政治，有些太不自量了。一个李品仙在安徽搞得天怒人怨，暗无天日。共同分赃的是他，撑腰杆的还是他，所以，与其说他有主张，不如说他是大广西思想，与其说他有办法，不如说他是功名利禄之徒。我对于这个人有八个字的评语，'貌似忠厚，心怀奸诈。'关于和平民主方面不必对他存幻想。现在他正在投机取巧，买空卖空，还要走蒋介石走的依赖美帝国主义的路子，他将来一定遭遇到可耻的失败。"

不久事实证明了我说的话。李宗仁的七项支票，没有一项真正兑现。如果他诚心真意地要做的话，释放政治犯这一件事，广西是个应该兑现的地方吧！后来听说除了桂林放了几十位政治犯以外，其余各县一概未放。他的心理和蒋介石一样的——"怕"！

　　我们不断地讨论到孙科，这时候他还是行政院长。李的七项，要他去执行，他不但与李不合作，相反地带着他的各部，远远地搬到广州去了。丢下李宗仁在南京唱独脚戏。关于释放政治犯，他在行政院的会议上，做了一个狡猾的决定："释放政治犯中的未决犯"，这个决议不但狡猾而且毒辣，因为多年来的政治犯，羁押在监狱中的，没有人能知道那个庞大的数字，所谓未决犯，不过其中最小最小的一部分。除了新近逮捕的，其余的只是极少数由于特殊原因拖延未决的，他这轻轻地一划，表面上似乎是在释放政治犯，实际是掩护蒋介石和特务们的不放政策。后来孙对新闻记者说："已决政治犯的释放，是属于大赦范围，须依法由大总统颁布大赦令。"同时他给司法部下着"监狱紧急疏散令"。全国监狱里的汉奸、盗匪、杀人犯统统释放了，只有政治犯留下来。

　　当蒋介石发表了《元旦文告》以后，第一个响应和平的就是孙科。并且他在谈话里，和李宗仁玩着同一戏法，把蒋狠狠地踹了两脚。他说："在重庆开的政协，商定了一个和平建国纲领，和解决争端的具体方案，假如我们能将各种方案具体实施，试问……。"最后他把破坏和平的责任卸在蒋介石的身上："可惜各方皆未能完全放弃小吾的利害"。他更怪起全国人民来："全国人民也未能用最大的努力去促进这个和平运动的成功"。最后他以一个隔岸观火的外国人的身分叹息地结论说："遂致战祸复发，生民涂炭。"

他这时候为什么来这一手呢？很显明的，以为在这次和平的买卖中，他有了"掮客"的资格。好在发动内战的既不是他，使生民涂炭的又不是他，他多么干净而超然！因此，这笔买卖，应当由他独家经营。等到觉察到他已经没有资格承揽的时候，他又想回头来向蒋介石送秋波，拿不放政治犯和反对李宗仁的主张作献礼。这时，蒋介石对他唱起了"马前泼水"，他又一度（最后吧！）滚下台去。

树倒猢狲散

记得在北平的时候，有一次和清华大学的张奚若先生谈话，谈到了蒋介石，他说："我现在什么也不想，我最有兴趣的事，想看看这小子怎样下场。"看吧，张先生……这个时候到了。

这一年多的牢，没有白坐，总算把蒋介石坐垮了。

操场上放封的时候，空中不断传来隆隆的炮声，好象告诉我们："胜利，自由，咚咚。"监视我们的看守长吓得脸发青，我们高兴地跳起来。

夜间的炮声，听得更清晰，声音从西北方传来，我们判断战事已经在六合到浦镇一线展开了。我们坐在床沿上，用低低的声音谈着："象这样的形势，我们的命运最近可能有两种前途：一是在特务们临退出南京的时候，突然地来把我们结果了；一是把我们放出去，或者丢下我们，留待解放军进城时放出来。"最后，我们的结论是："不管我们的命运怎样，胜利是更快地到来了。"

那个当过军人的看守长，终于答应我们的要求，向我们作"政治报告"了。他一开口就说："本来这里的规矩，是不许任何人和你们讲报纸上新闻的，现在我对大家报告消息，上面知道了，一定会责备我的，但是我也不管那许多。我本着给大家服务的宗旨，就对你们说说吧！"说到这里，他向四周围看一看，然后继续说："你们诸位出去的日子快到了，据我的判断，不会超过一星期的。"他吐了一口痰，用右手搓着他的后脑皮，好象要想一下怎么说："仗是打败了，中央的队伍打得象王八吃西瓜，滚的滚，爬的爬。这两天扬州、六合都丢了。南京要不是隔着一道大江，恐怕已经完了事。"他停顿了一下，有点感到自己的话说得冒失，最后他说："这两天许多同事们都不来上班，我也没有心干下去，但是我再不来，就没有人领你们出来运动。"他的脸上露出得意的神情。

为了打扫屋子，我曾经告诉华心给我们买把条帚。有一天的下午，条帚送来了，陈斌拿起来扫地，觉得扫把头上有东西，翻开一看，找出一根竹筷子，筷子头上破开半截，中间夹着一张折着的信纸，上面头两句写着："山穷水尽疑无路，柳暗花明又一村。"接着是几段消息：

　　　　释放的事已确定，大概两三天就可以实行。
　　　　城里很乱，到处抢劫。铺子关的很多，许多人不敢上街。
　　　　解放军在广播上说，住在城北、城西的人家速移向城南地区，免为炮火所射击。但我们不预备搬家。
　　　　你们不要着急。

我们看完了都大笑起来。梁蔼然说："这孩子教训我们了。"
一月二十四日的清晨，我们刚吃完了早饭，一个看守拿着一把传票，站在门外喊着我们七个人的名字，并且告诉我们准备开庭。

我们走进了一间办公室，每一个人在自己的传票上按了一个指印，然后把我们交给特刑庭的法警。解我们的是两名法警，一个穿着羊皮长袍，一个穿着黑色制服，那个穿皮袍的从袖子里拿出三付铐子，先把我们中间六个人铐上，然后对我说："老先生，你不用了。"我想，这一定是有朋友向刑庭方面使上力量了。

这里离特刑庭有五里地，我们本打算雇两辆马车坐着去，后来一打听价钱太贵，大家只好安步当车。

街上的确是萧条了，行人稀少得可怕，大的铺子，很多锁上了铁门。小铺子也有不少上了门板。这是临近阴历年关的日子，平时正是市面最繁荣的时候。

站岗的警察一个个低垂着头，不象那样神气十足了。成队的兵士不整齐地走着，枪支东倒西歪地搁在臂上，象一群斗败了的犬，夹着尾巴溜回来。小轿车里挤满了人，后面用绳索捆起一大堆行李和箱笼，向西急驶着。

抹口红的摩登女郎看不到了，街边踉跄着愁容满面的低级公务员和小市民。三轮车也显出稀少来，有时听到他们喃喃地咒骂着："肏妈妈的，倒头的金元券不值钱，买卖还讲不上，不是要活活地饿死人吗？"

我们向一个香烟摊上买了两包小大英，递给两名法警每人一支，然后我们边走边抽着。路上看到我们的人，漠不关心地没有表情地走过去。"这是蒋介石内战的结果，这是蒋介石留给人民的功绩。"我在心里慢慢地说着。

我们走得满身大汗，到了特刑庭，已经是上午十一点了。一个法警走出来对我们说："本来今天要开庭，因为首席审判官今天早上临时送家眷到上海去了，不开了。"我们商量了一下，就对他说，不开庭也好，但是走得肚子饿了，让我们买点东西吃了再回去。他满口答应着，并且说："你们买什么，我们有人给你们办，多坐一坐，等到休息好了再回去。"

那个给老董介绍律师的法警凑到我们跟前，对我们说："这里也快散伙了，你们放心吧！我保险，你们一定快出去了，开庭，活见鬼，简直是脱裤子放屁，多费一道手续。这里的法官都快跑光了。"他激愤地继续说："他妈的，政府是狗屁，把老百姓害苦了。将来盼望你们好好地干一下。"我们除了"嗯嗯"、"啊啊"外，没有人说什么。

吃饱了以后，我们买了四份报，一份《展望》和一份《大学评论》。为了防备检查，我们分开来带着，有人把它藏在裤裆里或背上，我带了两份杂志，把它塞在腿上的毛袜里面。结果回来的时候，谁也没有被搜查，因为谁也无心管这一套。

杂志上告诉我们更多的消息，蒋介石垮台的惨状，南宋的最后覆灭，也没有这样的丑态！

南京中央大学的校长卷款潜逃了，并且把学生的伙食钱也卷走了，学生们为了肚皮，向政府请愿。蒙藏委员会的委员长白云梯也卷款逃跑了，职工的遣散费，一咕噜咚地卷净了。为了跑得快，坐上了飞机，无怪乎他的名字叫"白云梯"。国民党的老牌，中央的大员，多年的"瘾君子"，这一下子，鸦片烟本总算筹足了。

蒋介石走后的那几天，丑态出得更厉害了，各机关的首要跑了，次要溜了，总务处长把汽车也开走了。丢下的员工，拿不到遣散费，拿不到薪金，闹到李宗仁那里，这位"代总统"急得派人出来说："库款运走了，我也没办法。"于是各机关的员工各自组织起留守委员会，把没有运走的财物保管起来，然后分配的分配，出卖的出卖。交通部的员工把扣留下的汽车开到街上跑散座，赚的钱大家分。

南京的警察厅长也跑了，《南京人报》把这段新闻刊登出来。后来这小子看没有事又溜回来，一恼之下，就将报馆给砸了，报人也给打了，还抓走了几个，这是李宗仁宣布"七项"以后两天的事。

我们这儿也出事了，警员们向典狱长索三个月的遣散费，他拿不出钱来，大家却非要不可，又怕他跑掉，就把他围困在楼上，不许离开。这事整整闹了两天，我们笑着说："让这小子也尝尝坐牢的味道！"

整整的一天，没有人给我们放封，第二天那个当过军人的看守长来了，他对我们说："这两天办事的人都跑光了，我也本想不来，但觉得对你们大家不住。"说到这里他的脸和脖子都红了，我们看出他在生气，"中国的事，太不讲公道，跑的人拿到了钱，我这样苦干的反倒领不到一个钱，我本来不想闹，今天却非和他（指典狱长）跟他的小舅子（指会计）算算账不可。不叫好人有路走是不行的。"他把拳头紧紧地握在胸前，向两边不断地伸出去。

以后的日子更糟了。号也不吹了，封也不放了，吃饭也没有准时刻了，我们的房门长日地被倒锁着，铁门上只剩下了一把锁，甬道里看不到一个看守，"若是这时候，特务们来他妈的两个炸弹倒干净，也绝不会连累别的人。"我们中间有人这样嚷着说。

我们说话的声音大了，唱歌的，唱戏的，打闹的，响成了一片。对面屋子里的人，借着那门上的小孔，和我们高声地对话起来，再也没有一个人来干涉。

那十几个小孩子，在初解到这里的时候，是关在儿童监里，这两天也和我们合并了，大概是"物以类聚"吧！他们在屋子里闹得特别厉害，打叫声，哭骂声，从早到晚，不断地连续着。

一年多的牢狱生活，把我许多暴燥的性情磨练平和了。我习惯了安静、沉默、深思，现在这样地乱哄哄，反倒烦闷不安起来。

你想读书，有人要说话，你想休息，有人要打闹，高兴的人自然会跳跃，你又何必浇盆冷水使人静悄悄。摆在目前的问题虽然不简单，可是欢乐情绪，总是处于逆境的一个抵抗力，矛盾的思想不断地在我心中交织着。

这两天大批的监犯疏散了，汉奸、盗匪、杀人犯、强奸犯、小偷、扒手，都一批一批地放了出去。有名的文化汉奸周作人已在昨天夜里保出去了。只是我们——政治犯，仍然被锁着。

我们每人都在担心一个问题。夜里一听见有响动，大家就警觉起来，心里问着："是不是那个问题来了？"一月二十六日的夜里，大约两点钟，听到有人打开铁门上的锁进到甬道上，连续地敲着两个监房的门，我们都被惊醒了。这时候对门一位姓丁的难友被看守点着名说："你起来，收拾铺盖准备走。"接着喊叫另一个房子的难友名字。这是多么可怕的一种声音！在宁海路十九号，这就象征着死亡。这声音跟着敲到我们的门上来了，然后叫着："梁蔼然，起来，你把衣服穿好。"这一下子，梁自然吃不消，我们也都紧张起来。平时好说话的陈斌，一声也不响了。梁赶快地穿上衣服，一面把钮扣着，一面和我说："我准完了。"我摸不着头脑地安慰他道："如果有什么事，不会只是你一个人。"等到他走到门边，看守递给他一个条子，他打开一看，原来是对面姓丁的要走，另一位难友代他托梁向我们的屋子里筹措一百万元作路费，恐怕解的地方很远，家中接济送不到，所以要多带一点盘川。梁连声说："开玩笑不是这样干的，借钱就借钱，何必只说起来穿好衣服呢？"第二天早晨，我们打听出来，昨夜解走的两位，是宣判了无期徒刑的，大汉奸江亢虎和罗君强也是一同解走的。不过我们不明白的是，我们这里还有判着无期徒刑的，为什么没有去呢？

我临出去的前两天，情形更混乱了，第一天早晨没有人来放我们出去洗脸，等到十点钟也没有人送早饭进来，许多屋子的朋友们鼓噪起来，敲着门板，敲着窗上玻璃，大声喊叫："饿死了！"小孩子闹得更凶，真是声震屋瓦了！后来跑进来一个看守对我们说："看守长，看守员和看守法警差不多走完了。大门的警卫没有人管了，给你们烧饭的伙夫也找不到了，最好你们推举两个人出来，跟我到厨房去，自己随便煮着吃吧！"最后他唉了一声："这是什么年头！"

我们的房门打开了，我们开了一个"群众大会"，当场推举了两位烧饭的朋友，等到他们跟着看守走了以后，我们继续地开着会，有人提议道："我们是从有组织的阵营中来的，虽然蒋介石的政府这时候鸡飞狗跑，我们却应当紧密结合，不要在最后关头吃亏。"大家一致赞成这个提议，当时作了几项决定：

一、各人回到自己的屋里，和平时一样地活着，无事不得拥在甬道上。

二、推举各屋子的年青难友在甬道上当纠察，维持秩序，每小时换班一次。

三、展开小组讨论会，讨论对于今后大家出去的安置和联系问题。

散会以后，一般情形，改善了不少，但不时还有骚乱的现象。这也是很自然的结果，因为过着长期的不自由生活，一旦放松开来，情绪上一定象脱缰之马，很难立刻约束起来。况且这几天来的波动太大，谁也感到抑制不住的兴奋。

我们等候到下午一点钟，两位难友，才把饭挑来，并且喊着说："今天的饭管饱。那里存的米很多，我们这一次煮了他妈的五斗米。'

"饥者易为食"，我们吃得很多，再没有听见有人喊"吃不饱"了。

我终于微笑了

黑夜虽然快消逝，但黎明前还有更昏暗的一刹那，象产妇生产前的阵痛，这一刹那最难熬，也最难度过。

那一只魔掌，虽然是已经缩到幔子后面，但还在远远地伸着。

每一颗心都浮动起来，一天的时间，觉得更长了，好象太阳永远不会落到西边去。

每一个人的脸上，不再看到愁容，老董的前额上，少了一些绉纹，陈斌的嘴更俏皮了。梁蔼然不时从嗓子里哼出了几口二簧。

今天，他们——蒋介石一帮的悲哀，已经变成了我们的欢乐。

腐烂的加速腐烂，好叫崩溃的赶快崩溃，一个已经臭了的尸体，让它毁灭在它自己生前掘的坟墓中吧！

我们的屋子里，长日挤满了人，一批出去，另一批走进来。谈到高兴的时候，大家举起杯来互相碰着："让我们用一杯清茶，代替一杯烈酒，来畅饮，来庆祝。"

一月二十六，是梁蔼然四十岁的生日，我们清早一爬起来，就和他握手道贺，听说在军法局看守所里的时候，有位会算命的朋友给他排过八字，说他"要脱牢狱之灾，非过了四十岁生日不可。"我对梁笑着："看情势，这回算命的猜着了。"我们在中午弄到一包糖果和一些花生米，就给他大张盛筵，庆起寿来。这一天我们喝的水特别多，把两只马桶都尿满了。

二十七日的上午十点钟左右，一个看守跑进来对我们说："命令就要到这里，你们今天下午准可以出去。"这一消息，引起了一阵骚动和欢呼。差不多每一个人都把行李捆好，坐在铺盖卷上等待释放。我漠然地躺在铺上，有点不相信事情会这么干脆地解决。自然，捆不捆铺盖是每一个人自己的事，我没有理由去反对别人捆铺盖。等到夕阳斜照在铁窗上，大家等得不耐烦的时候，依然"杳无消息到人间"。这时候重新打开铺盖的人，有点不是滋味了。

第二天清晨，大家爬起来特别早，这是一月二十八日，阴历年的除夕。有的朋友在屋里嚷："他妈的！昨天不放，今天还不放吗？硬要叫老子们蹲在牢里守岁吗？"昨天报信的看守又来了："今天准放，我敢保险，不放'惟我是问'。"大家听了，又兴奋地跳跃起来，好象昨夜的失望，被这一两句话早已吹到九霄云外。每个屋子里，又忙着收东西，捆行李。我的被褥仍然原样地放在床上，陈斌问我："昨天不收拾，今天还不收拾吗？大概今天有希望出去的。"走进我的屋子的人，都奇怪我的态度，为什么反倒更沉着起来了？

"毒蛇把人们的指头咬上的时候，怎么肯轻易松口。"我常常想起这一句话。

我们永远是他们的敌人，他们也永远是我们的革命对象。

过分的希望，有时会招致过分的失望。

自从在北平被捕、走出我住的卧室那一刹那开始，相反地无时无刻，我不在准备着死。这并不是矫情，因为我的问题，我自己清楚。

有一次兰华告诉我，她找过张知本（立法院院长），请他帮忙。张说："已经托过特刑庭的庭长，据这位庭长说，现在又发现了我在牢中写给我兄弟的一封信，要他赶紧到苏北去活动，这封信现在留在检察官手里，如果是事实的话，事情就难办了。"很明显的，这是他们的一个阴谋。

因此，除了谢士炎之外，我对一般难友，都为他们抱着希望，并且不断地鼓励他们，只是对自己，却断绝了这个希望。

这几天来，朋友们不断地和我讨论着一个问题，就是许多难友出去的安置，因为他们有的离家太远，有的一文不名，并且问我，是不是能在我出去以后，和李宗仁商量一下，解决他们的困难。这件事倒引起我注意到另外的一个问题。

李宗仁上台以后，为了进行他的"和平"，可能想起我来，拉拢一番。"我还能替这般家伙作'冯妇'吗？"我这样问着自己。"决不和他见面！"最后我决心下定。

我告诉朋友："因为我们不够了解外面的情势，政治上的行动就不能不慎重。朋友们中间的困难还是我们自己来解决。能走开的一出去就迅速地走开，能隐藏的就赶紧地在外面隐藏起来，我们有经济能力的，应当尽力帮助手上没有钱的。"

从以后的事实上证明，我的想法，完全正确，所谓"和平"，原是阴谋，李宗仁走上了更反动的路子。

后来听说在我出去以前的一星期，李宗仁派人到我的家里，探望了一次，并赠送金元券两万元，还说要帮助通知特刑庭早日释放我，等到我出来的第二天一清早（阴历的新年），邱昌渭衔着李的命令去看我，代表李邀我出来"斡旋和平"。兰华对他说："心清因为心脏病很厉害，一出牢，就乘昨天的夜车去上海就医了。"

"斡旋和平"，多么好听的一个名词，一年前我策动和平的时候，你下令抓我，你咒骂我，今天，你上台了，你要和平了。看我这颗脑袋还长在脖子上没有分开，又想来借重一番，你未免太自命聪明了吧！别打如意算盘吧！从今我们不是朋友了！让我们永远敌对着吧！

因此，出狱之后，不敢住在家里，躲了几天，情势渐渐不妙，就溜到上海，正碰到上海抓人，我就溜到香港，因为如果我再度地被捉起，单是李宗仁的态度就可想象了。

中大的几位同学，走到我的面前，和我握着手，告诉我："他们这几天作着牢狱生活自我检讨的总结，希望我给他们每人一个批评。"这个问题倒难住了我。我对他们说："你们的态度，我从心里敬佩，批评的话我是一句也没有。"他们总以为我和他们客气，不肯直率地说出，就一再地勉强我开口，其实，我说什么呢？他们和我同住的日子，从来没有私生活的接触，因此无从知道每个人的短长。我只见到他们学习那样的努力、有恒，态度那样的沉着、英勇、有生气。我为他们前途抱着希望，我为新中国前途深致庆幸。我相信十年后的领导阶层，就是他们这一类的人。"不要脱离群众，不要间断学习，全心全意地为人民服务，你们将来的成就，一定是不可限量的。"最后我对他们这样说。

伟大的时代，创造了这一代伟大的青年，这些伟大的青年又去创造未来的伟大时代。社会是不停止地向前推进着，现在中国革命的胜利，已在加速的发展中，那些栏横在进步程途上的障碍物，很快地就要被清除干净。未来的监牢，将要成为教育坏人、强迫坏人参加生产的场所。蒋介石匪帮丢失了一个"王朝"，我们丢失的却是一付锁链。

当天的下午，一个看守手里拿张名单，还没有打开铁门，有的人就嚷起来："开释了！"这时候大家都拥到甬道上，好象要争先出去的样子。等到念完了名字，出去的是十位苏北籍的难友。有的人等得不耐烦了："还有没有人放出去呢？""等第二批吧！"看守忙乱地回答着。

过了约莫两小时，第二批名单到了，站在铁门里的朋友们，一看到就嚷起来："又来了！"点完了苏州"群社"十几位青年的名字，接着喊到我的名字，这时我还躺在床上，翻着一本《唐诗》，陈斌跑进来说："现在你该捆行李了吧！"好几位朋友，帮我捆好了铺盖，并且给我搬到铁门边，我们紧紧地握了手，然后走出来。

这一批名单，除了十七位苏州朋友，就是我们一案的七个人。法警领我们走到大门里的院子中停下来。这时，院子里挤满了各形各色的人，除了我们，还有另一批普通监犯，也在等着出去，许多来迎接的家属，站在一边焦灼地用眼睛寻找着他们所等待的人。

兰华和华心跑过来和我及梁握了一回手，我们相对望了一望，没有说什么，李文卿（照顾梁的）走过来说："你们还得到特刑庭去开庭。门外已经预备好了一辆大汽车。"陈斌问他："我们还要上特刑庭吗？""是的。"李说。

等到特刑庭法警把我们查点清楚，那扇象老虎嘴的铁门微微地开了一条缝，我们和我们的行李就在这缝里挤着出去。

老虎桥边站着的人就更多了，一半是家属东张西望地打听他们家中的人，一半是看热闹的过路行人。陈斌的太太穿着一件绛红色的短袄，围着一条大红围巾正在人群中窜来窜去，在斜照的阳光下，红的象一朵五月的石榴花，等到看见了她的丈夫，就跳着跑过来。梁笑着对她说："回家等着吧！我们还有未了的手续呢！"

华心雇了一辆三轮车，拉着我的行李，兰华去找梁的一位朋友金先生（他在审计部的一个机关里服务，我们要他到特刑庭来招呼我们。）我们爬上了汽车，一个法警和我坐在司机的旁边，车子一开动，有的朋友就唱起来。我回头看那张老虎嘴，已在我们的后面紧紧地合上了。

特刑庭的门口，已经没有了警卫，汽车一直开到院子里。那间候审室，不再被炊烟熏着，横七竖八的凳子杂乱地倒在遍地扔着的字纸上。有一位苏北的难友坐在一个墙角落上叹气，我问他："你不是在第一批名单里出来的吗？为什么还留在这里呢！"他抬起了失望的眼睛看着我："他们叫我找保，我是江北人，此地没有亲友，找不到保，他们就不放，要把我押在这里。"我安慰他说："放心吧！他们不会再把你送回监狱去，此地又不是关人的地方。等到晚间，他们看到你真的没有保，也要放你出去的。"随即我找到一个法警，拉他到一旁，问他对这个朋友怎么办？"这就是衙门的一套，别人放完了，还得让他走。"

我们七个人一同被喊进去，还是那个姓廖的坐在上面，他的一边，坐着对于我们有好感的年青书记官。他把我们的名字点了一遍，接着就向我们说："现在政府诚意地谋求和平，要把你们开释出去。你们应当体念这种苦心，大家出去以后，应当为着和平和建设共同努力。"他停顿了一会儿，脸上带着不自然的神色，用两只贼般的小眼向我扫射一下，然后继续着说："本庭奉命开释你们，各人到外面取保。"老顾和小耿问他："我们实在找不到保，能不能通融一下呢！""不行，没有保就还要押。"他不耐烦地说着。

回到候审室，我和梁商量："我们两个人的保不成问题，他们五个人呢！我们不能不管。"李文卿立在我们一旁，梁问他："你能保我们七个人吗？"他迟疑了一下说："如果我作了保，我就得跟你们走，否则你们走了，他们要人，我怎么办呢！反正我早已下了决心要离开这里，以后你们到那里，我也到那里。"梁望一望我，我们都点了头。

这时法警开口了："今天是阴历年，我们要不是为了你们诸位先生们，我们早已回家过年了，现在忙了一天，还要陪着出去对保，唉！没有法子，替先生们效劳吧！"我把梁和李文卿拉到外面："这小子要价了。"我对李说："你和金去商量打发他们吧！"李和法警去了好久才回来，李看见我和梁的时候，把右手五个手指伸出来翻了三次，同时告诉："保单上的印盖过了。"我们知道"最后赎身费花了一万五千元"。

夕阳已消逝在黄昏里，灯光把人影照在地上，这时候，等待最后释放的通知，谁也坐不定，焦急得象热锅上的蚂蚁，因为保单对过以后，还得送去让那姓廖的看一下，他签了字，我们才能走开。这个关节，也是他和法警权威的所在。

消息终于的来到了，那个和我打交道的法警笑着来了。"廖法官对于一颗图章担保七个人，还有一点挑眼，我给诸位先生竭力承担下来，告诉他'决没有错'，现在恭喜先生们，你们回去过年吧！"华心听到了，就拉着我的手说："爸爸！自由了，回去吧！"

梁和他的朋友金同李一道走了，陈斌一直地去找太太，老顾、小耿四位各自投奔亲友，我和华心正走出门口的时候，碰上和我一道关在笼子里的那位汽车行老板，开着一部汽车来接，我们上了他的汽车，华心问我："回家吗？""不，先到照相馆。"我一手捋着长须，一手摸着白了的头发。

今天整整是十六个月零一天。

我没死，蒋介石终于垮了。

我微笑了。